異世界召喚されました……断る!

ISEKAI SYOUKAN SAREMASHITA ……×KOTOWARU!×

3

Author

K1-M

Illustration

ふらすこ

Main Characters
登場人物紹介
ソウシ・ベルウッド
ベルウッド商会のトップ。
転移前は日本人で、
トーイチの先輩だった。
見かけは若いが、
九十歳を超えている。
トーイチ（村《むら》瀬《せ》刀《とう》一《いち》）
本編の主人公。
日本から召喚された際に、
18歳へ若返った元おっさん。
様々なチートスキルを持つ。

ルシファス・ヴィ・サタニア
魔王国を治める魔王。
見た目や肩書きとは
裏腹に性格は穏やか。
常にヴィーネに
振り回されている。
ドゥバル
ドワーフ族の鍛冶職人。
職人気質で、物作りへの
こだわりが強い。
お酒が大好き。
ヴィーネ・ベルウッド・サタニア
ルシファスの従姉で、
ソウシの嫁。
性格は単純で奔放。
肉弾戦が得意。

アライズ連合国内に三つある旧王都の一つ、鉱山都市フォディーナを出発した俺――村瀬刀一《むらせとういち》は、意気揚々と歩いていた。

次の目的地はこれまた旧王都である旧エルフ国の首都『森林都市サルトゥス』。

目的はアレだ……え～っと、そう、この異世界の神話について調べたいとかそういうアレだ。

決してエルフさん達とムフフな展開を期待しているわけではない。断じて違うぞ！

森林都市サルトゥスは、鉱山都市フォディーナから南西へ伸びる街道の先にある。

そこそこ距離はあるが急ぐ理由もないし、まったり進もうと思う。


街道を進み始めて三日後、日が沈みかけた頃、宿場町に到着した。

宿に入りチェックインして部屋に入る。

この宿では朝飯《あさめし》しか出ないとのこと。ならばせっかくだし街で評判の店にでも行くか！

そう思い立った俺は装備を腰の袋（中は『アイテムボックスＥＸ』だ）に収納して普段着に着替え、宿の受付へ向かう。

「すみません、この辺りでご飯を食べるのにオススメの店とかってありますか?」

俺が尋ねると、ガタイのいい店主は顎《あご》に手を当てて思案する。

「そうだな……あぁ、三軒隣の酒場がオススメだよ。エルフ国の飯と踊り子のダンスが最高だ。ただ、時間的に満席かもなぁ」

「へぇ、踊り子か。ありがとうございます、行ってみますね!」

礼を言ってから、宿を出て勧められた酒場へ足を運ぶ。

なかなか盛況だが、まばらに空席があるようだ。俺は空《あ》いていた席に腰を下ろす。

エルフのウェイトレスさんが注文を取りに来たので、エールとお店イチオシのメニューを注文して待つ。

程なくして運ばれてきたエールはぬるかったから氷魔法で冷やし、口に運ぶ。

「ぷはぁ……うん、普通」

不味《まず》くはないんだが、元の世界のビールの方が美味《うま》い。つくづく現代日本の食文化は凄《すげ》ぇなあ、と思う。

そのタイミングでイチオシだという料理も運ばれてきた。

「おお、これは美味い!」

肉も美味いけど、エルフ料理は野菜が美味いんだな。甘味があって、そしてなんだか濃厚だ。

俺はパクパク食べ進め、あっという間に完食してしまった……ごち。

ウェイトレスさんが空いた食器を片付けに来たので、もう一杯エールを注文。

追加のエールが届いたところで、店の明かりが唐突に消える。「おや、なんだろう？」と思っていると、奥のステージを眩《まばゆ》いライトが照らした。それから間もなく、綺麗《きれい》なエルフの踊り子さん達が登場する。

激しい音楽が流れ、露出の多い衣装を纏《まと》った五人の踊り子が扇情的《せんじょうてき》に踊り始める。

「……なるほど、宿の店主が勧めてくるワケだ」

俺の周りにいる客も「ほう……」と惚《ほう》けている。

曲が終わり、ウェイトレスが動き始める。このタイミングで客が追加注文をする。

俺も追加でエールとおつまみを注文。

店内の客が追加注文を終わらせたところで二曲目が流れ始めた。


「しっかり閉店まで残ってしまった……」

宿に戻った俺はベッドに横になりながら呟く。

周りの客も誰一人帰らず、最後まで残って食べ物や飲み物を注文し続けていた。つまり俺は悪くない。

しかしあの踊り子さん達、綺麗だったなぁ。閉店まで残るのもしょうがないよなぁ、と心の中で言い訳してみる。

魅力《チャーム》の魔法とかスキルとか使っているんじゃなかろうか……『健康EX』を持つ俺には精神異常の魔法は無効なのにとか考えながら、俺は眠った。

◇　◇　◇

その翌日は、踊り子さんをもう一度見るために使ってしまい、さらに次の日。

俺は朝飯を食べてからチェックアウトした。

踊り子さん達は何回見ても良かったなぁ……ニヤニヤとそんなことを考えつつ歩いていると、豪《ごう》華《か》な馬車の一団がオークの群れに襲《おそ》われているのを発見した。

旧エルフ国首都が近いので、襲われているのはエルフのお偉いさんだろうか。護衛《ごえい》らしき騎士もエルフだし。ちっ、イケメンめ。

しかし、そんなイケメンエルフさん達はオークの群れに押され気味だ。

「……はぁ、しょうがない」

面倒事は嫌なので魔法を使って隠蔽《いんぺい》状態になってから、魔力を圧縮して小さな魔力の弾に変化させて放つ技『ライフル』を連発。オークの群れを殲滅《せんめつ》する。

オークの死体から採れる魔石を回収できないのはもったいないが、見つかると面倒だ。俺は、そぉ〜っと馬車の一団の横を通り抜けた。


そんなトラブルがありつつも、俺は野営地に到着。

テントを張り、夜飯の準備をしていると、オークの群れに襲われていた馬車の一団が到着したのが見えた。騎士達とは別のエルフが出てきて設営を始める。

それを横目に俺はジュージューと一人バーベキューを開始。肉を焼きながら、元の世界の物を購入したり、調べ物をしたり、動画を見たりできるスキル『タブレットPC』で購入した日本のビールを開けて飲み始める。

「……ぷはぁ……美味い」

やっぱり日本のビールだな、うんうん。

そうして一人満足していると、馬車の一団から騎士が近付いてくる。騎士は先程前線で戦っていたイケメンじゃなくて女騎士だ。

エルフの女騎士がオークに襲われていたなら、リアルに『くっ殺せ……!』を聞くことになっていたところじゃないか。オーク殲滅しておいて良かったわ。

そんな失礼なことを考えていると、女騎士は俺に話しかけてくる。

「実は魔物に襲われて食料を失《な》くしてしまったのです。少しで良いので譲っていただけないでしょうか？」

女騎士さんは随分丁寧に頼んできた。

まあ、好感が持てるから良いか。上からだったら断ってやったがな。

「ふむ……何人分必要ですか？」

「えっ？　いえ、一人分で結構なんですが……」

「遠慮しなくても大丈夫ですよ。食料には余裕がありますから」

「すみません、実は二十人程いるのですが……」

二十人もいるのに、一人分でいいって言っていたのか、この人は。まったく、しょうがないな……。

「なら、明日の朝食分と合わせて四十人分ですね」

「……えっ？」

俺はテントに入り、テントの中の荷物から取り出した風を装《よそお》って『アイテムボックスＥＸ』から食料を持ってきた。

「えぇっ!?」

「これで足りると思いますけど、良いですか？」

「いや……あ、すみません！　大丈夫です！　ありがとうございますっ!!」

女騎士は何往復かして食料を運び、最後に「代金です」と金貨十枚を渡してきた。

食料四十人分には金貨四枚程度の価値しかないから最初は断ったが、どうしてもと譲らないためもらっておいた。さすがに少し罪悪感があったので日本産の某焼き肉のタレを追加で渡して、「後は知らん」と結界を張り直し俺はテントに入った。


翌朝、まだ暗いうちに俺はさっさと野営地を離れた。

タレを渡した後のことは実際に見たわけではないが、どうせ味わった全員を虜《とりこ》にしたであろうことは分かっている。

絡まれる前に戦略的撤退をすることにした。さらば女騎士さん。

早い時間に野営地を出たからか、お昼過ぎには森林都市サルトゥスに到着した。

◇　◇　◇

かつて緑の王国・エルフ国という、純血のハイエルフのみが王として政治を行う国家があった。

その首都が現在の森林都市サルトゥスなのだそうだ。

そこでは当時、種族融和《ゆうわ》の政治を行っていた王が、周囲のエルフ至上主義を掲げる者達と対立したことで、政争が起こっていた。その争いを裏で糸引いていたのが、宗教を政治的あるいは軍事的に悪用する組織――教国だったのだ。しかし教国を追ってエルフ国に行きついた転移者がエルフ国にいる教会の間者《かんじゃ》とエルフ至上主義者達を粛清《しゅくせい》したことで政争は収束したとのこと。

そんな過去を持つ森林都市サルトゥスは、現在では非常に穏やかな都市として大陸一の人気都市になっている。

サルトゥスに到着した俺はひとまず宿を取り、支度《したく》をして早速《さっそく》街を散策――。

「いや、その前に腹が減ったな」

お昼を食べず、到着優先で来てしまったので腹の虫が鳴いている。

良さげなお店を探すべく、都市中央にそびえ立つ世界樹《せかいじゅ》へ続く大通りを歩く。

エルフの暮らす森林都市だから、立ち並んだ大木を住居にして暮らしているのかなとか思っていたんだけど……普通に石造りの建物が並ぶ街でした。

ちょっとガッカリ感はあるが、まあいいや。木の上なんて普通に考えて住みにくいもんね。

「しかし世界樹はデカいな～」

そう呟きつつ、ぼけっと通りを歩いていると、どこからか良い匂いがしてくる。

匂いの元を探すと、こぢんまりとしたレストランがあったので入店した。

カランカランというベルの音に気付いたエルフのウェイトレスさんが迎えてくれる。

「いらっしゃいませぇ」

「――ッ⁉」

ツインテきょぬー眼鏡エルフのウェイトレスでアニメっぽいのんびりボイス……だと⁉

どんだけ属性盛ってんだ、この娘《こ》？

お昼は過ぎているので店内は空《す》いている。ウェイトレスさんは驚く俺をさらっと席に通した。

席に着きメニューを見ていたら、ウェイトレスさんが水を持ってきてくれた。

「注文決まりましたらぁ、お呼びくださぁい」

耳が、鼓膜《こまく》が癒《いや》されるっ！


そんなこんなでお腹を満たし、耳が癒された俺は散策を開始する。

改めて周りを見回すと、旧エルフ国首都ということもあって当然エルフが多い。そして次に多いのが人族。エルフの整った容姿が好きな人族がかなり多いということなのか……？

人の流れに従って歩いていたら都市中央、世界樹の近くに図書館を発見。

何か面白い本はあるかな～っと入館する。

魔法関係の本や魔道具関係の蔵書は今までの図書館で一番豊富で、なかなか面白かった。

特に自分には使えない『精霊魔法』『召喚魔法』に興味を惹《ひ》かれるな。

『精霊魔法』は精霊を召喚し協力を得る魔法で、それに対して『召喚魔法』は魔獣や神獣を使役《しえき》する魔法と性質が異なっているのだとか。

ただ、俺や俺より前にこの世界に転移しているソウシ先輩などを喚《よ》んだ大規模召喚はまったく別のカテゴリーになるらしい。

「……召喚魔法か……」

英霊とか喚びたいよなぁ。

そんなことを考えつつ、俺は本を読みふけった。


図書館を出てもまだ夕方前だった。

フォディーナ方面に続く宿のある北門側の大通りから、世界樹を経由して旧獣人国方面の南門へ続く通りへ出る。

こちらの通りにもいろいろな商店が並んでいるが、それはまた後日でいい。

俺は少しばかり早足で、一旦宿へ戻る。

宿の夕食はなかなか美味しかったわけだが、俺の目的はその後だ。

俺は再度宿を出て、南通りへと足を向ける。

「ふっ、久しぶりだからな。今日は本気出す」

そう呟いて、俺は裏通りへと消えていった……。

◇　◇　◇

その翌日——『今夜は攻めるぞ！』と意気込んで夜の街へ繰り出した俺は見事に女の子に返り討ちにされ、絶賛賢者モードに突入していた。ありがとうございました。

さらに次の日、しっかりと朝食をいただき、再び図書館へ。神話関係の本を探す。

転移者に関する情報があまりに出回っていないことを不思議に思った俺は、召喚された時に会話した『神』についての情報を集めようと考えたわけだ。

創造神、生命神、大地神、海神、武神、魔法神、鍛冶神などなど……。

名前こそ違うものの、地球でも見たような神話や逸話についての本しかない。

念のため、他のジャンルの本が並ぶ本棚も見つつ、転移者について書かれた本が紛《まぎ》れていないか探してみる。だが、異世界に来てから最初に訪れた街——ベルセで読んだような本しかなく、空振りに終わる。

一度図書館を出て昼食をとり、タバコを吸いに行ってから図書館に戻る。

改めて転移者についての情報を探してみるが、転移者が持ち込んだ文化についての情報すら掴《つか》めない。

『神と転移者』という本が辛《かろ》うじて転移者について触れていたが、両者の関係は薄いと書かれており、信頼性に欠ける。

だって神と俺ら転移者が関係ないなんてことはあり得ないんだから。俺はこちらの世界に来る前に女神に会いスキルも付与された。ソウシ先輩も似たようなことを言っていたし。

同じく転移者で、冒険者ギルドのマスターであるマサシは聞いてないから分からんが、まさか彼だけが別口で転移して名を馳《は》せたなんてことはないだろう。それにもかかわらず書物に神と転移者の関係性についての記述が残っていないということは、あえて転移者が情報を残さなかったと考えた方が納得できる。

情報を公開すると、現代知識無双ができないからとか？　それとも他に残せない理由でもあるのか？

「う～ん……分からん！」

とりあえず先送りだな。俺は諦めて図書館を出た。

情報を仕入れたら次は、旅の支度だ。

資金を調達するべく商業ギルドへ行き、魔物素材と魔石を売る。

まあそれほど金に困っているワケではないんだけどな。

そうして手にした金で食材を大量に買い込む。

普段は肉を多めに買うが、エルフの料理を食べた時に野菜が美味しかったのを思い出し、気持ち野菜を多めに購入する。

連合国の首都アライズや鉱山都市フォディーナで売っていなかった野菜もあったから、食べるのが楽しみだな。


宿に戻り夕食を済ませた俺は、部屋に戻った後、『転移』で街の外へ。

タブレットで購入した缶コーヒーのプルタブをカシュッと起こし、タバコとともに嗜《たしな》む。

「……ふぅ」

火を消し携帯灰皿へ入れ、缶コーヒーを飲み干す。缶ゴミは『アイテムボックスＥＸ』内のゴミ箱へ。そして再度『転移』を使って宿に戻る。

「……よし、行くか！」

俺は両手で頬を張り、気合いを入れてからドアを開け、力強く一歩を踏み出す。

翌日、自室のベッドでニヨニヨしている賢者モード中の俺が発見されたとか、されなかったとか。

さらに翌日、賢者モードが解除された俺は再び街の散策に向かう。

魔道具店や道具屋、武具店、装飾品店にて必要なものを買った後に洋品店に入店。

下着や普段使いの洋服を選び、支払いをしようとしていると……おや、店の奥にカッコいいマントがあるぞ。

ちょっと見ていただけなのだが、店主が目敏《めざと》く気付く。

「ご興味がおありで？」

「そうですね、旅とか戦闘に役立つのならば欲しいですね」

「ふむ。あのマントはそれほど性能が高くないのですが、高レベルの素材があれば、オーダーメイドで高品質なものを作ることも可能ですよ」

「例えば、どんな素材があればいいんですか？」

「龍素材があればかなり良いものができます。後は特殊効果が付与された魔石や、糸状もしくは液体状に加工された鉱石素材があれば最高ですね」

そこまで聞いて、ふと気付く。

確かレベルの高い素材を扱うためには、それに見合ったスキルレベルが必要だってフォディーナに住む鍛冶職人のドワーフ——ドゥバルが言っていなかったか？　となると、俺の持っているレア素材をこの職人が扱えなければ加工できないかもしれないのか。

それは予《あらかじ》め聞いておかないとな。そう思い、俺は口を開く。

「かなり高いランクの素材を持ってきても加工してもらえるんですか？」

すると、店主は自慢げに語る。

「エルフ国にはマジックアイテムの加工を行う、魔導裁縫師《まどうさいほうし》という特殊な職業の者がおります。当店には国内で五指に入る魔導裁縫師がおりますので、どのような素材でも加工してみせましょう！」

へぇ～、なんか凄そうな人がいるんだな。

感心していると、職人は続けて言う。

「ただ最近は質より見た目のデザイン重視の仕事が多く、その者も少々腐《くさ》っていまして。デザインなんて機能や実用性に比べて二の次三の次なんですがね……多くの人間にはそれが分からないんです」

ちょっとカッコいいと思ったから目に留まったなんて言えねぇ……。

内心冷や汗をかきながら、俺は鉱石の糸状化ができるかを確認してみる。

フォディーナにてドゥバルに無理やり錬金術スキルを上げさせられたから、レア素材でも加工できるんじゃないか？　そんなことを考えながら『アイテムボックスＥＸ』を覗くと……できるな。

いやでもさすがにオリハルコンは…………これもできる、と。

ふむ、さすが錬金術レベル10――って嬉しくねぇ！

便利ではあるが、無理やりスキルを上げさせられたことへの怒りが、ふつふつと再燃しているのを感じるぜ。ドゥバルめ……今度はどんなロボアニメを布教してやろう……じゃなかった。今大事なのはマントだ。

俺は店主に向かって口を開く。

「割といい素材を持っていると思いますよ」

「本当ですかっ⁉」

俺の言葉を聞いた店主はもの凄い勢いで、目を見開いて詰め寄ってくる。

近い近いっ！

俺は手でぐいっと店主の体を押し退《の》けつつ、『アイテムボックスＥＸ』から糸状化したオリハルコンを出す。

「これとかどうですかね？」

「おおっ、これはオリハルコンの……」

店主は息を呑《の》んでオリハルコンの糸を手に取り、じっくり見た後、がばっと顔を上げ俺を見る。

そしてすぐに大きく頭を下げて――

「当店でぜひっ！　オーダーメイドの品を作らせてください！」

その後、詳しく事情を聞くと、店主が必死に「オーダーメイドを作らせてほしい」と頼んできたのは、抱えている職人にどうしてもレベルの高い仕事をさせたかったからららしい。

「手間賃《てまちん》はいらないから素材を提出してもらえないか？」とのことだったので、俺はコレを承諾。

これでもかと寸法を測られた後、職人と対面する。エルフなので顔の造形は整っているのだが、表情は硬く不愛想《ぶあいそう》な印象だ。

ちょっと気難しい感じかな？　と思いつつ素材を出すと……目の色を変えて食い付いてきた。まるで少年みたいに。

俺と彼は話をするうちに意気投合し、俺は手持ちの使えそうな素材も追加で出してしまった。

その後求めているモノや効果、付与をどうするかをこれまた盛り上がりながら話し合って、俺は満足して店を出た。

「腹減ったな……」

昼飯も食べずに打ち合わせをしていたのを思い出す。

タブレットで時刻を見ると十五時過ぎ。

ガッツリ食わない方が良いか……と近くのカフェに行こうと思ったが……。

「……いや、耳を癒しに行こう」

俺は踵《きびす》を返し、ほんわかボイスさんのお店に向かった。


ほんわかボイスを堪能してから宿に戻った俺は、ベッドでゴロゴロしながら『アイテムボックスEX』を確認する。

「……素材、結構使ったな。いらないのは売ったし。うん、スッキリしたな」

それにしても、マントができ上がるまでどうしようかな。

買い物はあらかた済ませたし、図書館にも行った。

とりあえずまだ行ってないところを散歩するかぁ……などと翌日からの予定とも言えないような予定を決める。

そのタイミングで俺はある企《たくら》みを思いつく。

「あ、そういえば……」

夕食の時間を一時間遅らせてもらったため、時間に余裕はある。

俺は『転移』を使ってある用事を済ませてから夕食へ向かった。

その後、一服してから大きく息を吐く。

「行くか」

「……知ってる天井だ」

ボケてはみるが、俺がまた返り討ちにあった事実は変わらない。ありがとうございます（二回目）。ただ、賢者モードのせいで体がめちゃくちゃだるくて、何もする気が起きない。ひとまず宿に戻ってゴロゴロすることにした。

そして再起動したのは、日が落ちる頃だった。どんだけ時間経ってんの⁉　なにソレ怖い。

「しかし後悔はない……ふっ」

意味もなくカッコつけても、俺は寝起きかつパンイチで髪の毛は寝癖でボサボサである。

洋品店から宿にマント完成の連絡は来ていないので、どうするかなぁ～、と身嗜《みだしな》みを整えつつ考えてみる。そして、ふとあることに思い至った。

「ハイエルフだ！」

そうだ、ドゥバルからハイエルフは多くの知識を持っているのだと聞いて、話ができないかなと思っていたんだ。でも図書館の本で見た限りだと、ハイエルフってお偉いさんだよなぁ。会えるのかね？

とりあえず宿の人に聞いてみるか。

◇◇◇

一方その頃、鉱山都市フォディーナにある武器防具店テールムの工房ではドゥバルが唸《うな》っていた。

実はトーイチが夕飯前に『転移』で向かったのは、ドゥバルの工房だったのである。

「コレは……またトーイチか。あいつはどうやってココに入っているんだ、まったく」

言いながら机に置かれたプラモデルを手に取るドゥバル。

「Z《ゼータ》の変形……だと……？　このサイズでか？　恐ろしい技術だ……」

この後、変形中に角を折ってしまい、おんおん泣いているドゥバルが発見されたとかなんとか。

◇◇◇

ハイエルフについて聞き込みをしようかと考えていた俺だったが、普通に考えたら国外から来た奴に「ハイエルフの人に会いたいんだけど、何か方法ある？」って聞かれても教えないよな、と思い直し方針転換。世界樹の側にある案内所に向かうことにした。

というわけで建物に入り、案内図を見ているのだが……。

「戸籍課に警備課、土木課ねぇ……」

どこの役所だよ。

案内図見ても分からんな……もう正面切って聞くしかないか。

そう思っていたら、職員さんから声をかけられた。

「本日はどのようなご用件で？」

「物知りなハイエルフの方とお会いしたくて来ました。この地の歴史について興味があるんです。正式にお会いできる方法があるのなら、教えていただけないかと思いまして」

「物知りなハイエルフですか……少々お待ちください」

職員さんはそう答えると、奥に行ってしまった。

取り残された俺は、近くの椅子に座り待つことにする。

しかし、ホントに役所みたいだよなぁ、ココ。そんなところで綺麗なエルフさんが働いているというのが不思議だが。

でも、金髪セミロングで眼鏡をかけたお姉さんのスーツ姿はヤバいですね！　スリットの入ったタイトスカートとか、どストライク！

なんてろくでもないことを考えていると、職員さんが戻ってきた。

「大変お待たせしました。奥へどうぞ」

俺は奥の別室へ通される。

あれぇ？　何故いきなり別室？　っていうかいきなり会わせてもらえるんですか？

頭の中にいくつもの「？」を浮かべながら職員さんの後をついていく。しばらく歩くと、先導する職員さんが扉の前で立ち止まった。

エルフさんが四回ノックをすると、「どうぞ」と声がした。

部屋の中に入ると、椅子に腰かけていたエルフさんが立ち上がり、笑顔で話しかけてくる。

「ようこそいらっしゃいました、異世界より転移なされた方よ。私は警備隊隊長のエジル・フォン・エルフリア。お名前をお聞きしてもよろしいですか？」

転移者だとバレてる⁉

内心驚きながらも俺は平静を装って答えた。

「私はトーイチ・ムラセと申します。何故、私が転移者だと？」

「黒髪・黒目もそうですが、魔力の質や貴方《あなた》の周りの精霊の反応が、こちらの世界の人間に対するものと違うのです」

「魔力の質や精霊の反応？」

「はい。魔力の質が我々より濃くて、精霊が嬉しそうなんですよね。……すみません、感覚的にしかお伝えできなくて」

「いえ。しかし、一目で見抜かれるとは思わなかったので、驚きました。もしかしてエルフは皆そういった転移者を見抜く目を持っているんですか？」

「私は魔力を感覚で捉えるのが得意な上に、これまでの経験があるからできているだけです。国内のエルフでも転移者を特定できるのは数人しかいないと思いますよ」

俺はさらに尋ねる。

「これまでの経験とは？」

「はい。長く生きてきたこともあって、これまでたくさんの転移者の方とお話をしてきたので。……っと、すみません。立ち話もなんですし、座ってください」

「お気遣いいただきありがとうございます。それではお言葉に甘えさせていただきます」

俺はエジルさんに促されるままソファーに座る。その間に、案内してくれたエルフさんがお茶を出してくれたので、一口飲む。

それを待ってから、エジルさんは口を開いた。

「確かハイエルフと話がしたい、とのご用件でしたよね」

「はい。この国ないし大陸、世界の神々や神話についてお聞きしたく訪問させていただきました。知っているのであればハイエルフの方でなくても構わないんですが……」

「なるほど、世界の神々や神話ですか」

少し考え込むエジルさん。

そういえばエジルさんは長く生きてきたって言っていたよな……。しかも知識量も相当ありそうだ。

「失礼ですが、エジルさんは――」

「あ、はい。私はハイエルフです」

「やはりそうでしたか」

「ただ、すみません。私は専《もっぱ》ら剣ばかり振っていたものですから、神話などには疎《うと》くて……」

「いいえ。元々、ハイエルフの方にお会いできる方法を聞きに来ただけですので」

「そうですか。それで神話に詳しい人物なのですが、その手の話題は私達の間でもほとんど出ないので、確証を持って紹介できる人物がいないんですよね……」

「なるほど……」

あれ？　詰《つ》んだ？

俺が内心焦っていると、エジルさんは告げる。

「ただ、知っていそうな人物ならお教えできますが……どうしますか？」

「本当ですか！　その方を紹介していただけないでしょうか」

「分かりました。では紹介状を書いてお渡しします。これを持っていけば会ってくれるはずです」

「ありがとうございます！　ちなみにその方はどのような方なんでしょうか？」

「リディア・フォン・エルフリア。私の姉で、現在の大公です」

大公って確か旧エルフ国の長だよね……？

……大物キチャッタナー……。

「姉はここから西に行った港町プエルトの邸宅《ていたく》にいます」

「あれ？　大公はこちらにいらっしゃらないんですか？」

「姉は月一回サルトゥスに来るのですが、最低限の仕事と簡単な指示を出してすぐプエルトに戻ってしまうのです。こちらには私が詰めていますので不都合はないのですが……」

ため息をつくエジルさん。その姿からは、いつも姉に振り回されていることが容易に想像できた。

「……心中お察しします。今日はお忙しい中、本当にありがとうございました」

「いえ、こちらこそ大したおもてなしもできずすみません。また、何かありましたら是非お越しください」

「はい。そうさせていただきます。では、失礼します」

こうして俺は大公への紹介状を入手した。

次の目的地は港町プエルトに決まりだな。

港町っていうことは魚が美味しいのかな？　食にも期待できそうだ！

案内所を出るとちょうどお昼の時間帯だった。

いつものお店でエルフのウェイトレスの声に耳を癒されつつランチをいただく。もうすっかり常連だ。

その後は特にすることもないので、宿に戻ってのんびりしていた。

十分に体を休めてから食事を済ませて、俺は……。


翌々日。

「……はっ⁉」

また、一日無駄に過ごしたらしい……。

一昨日は確か、何がとは言わないがナンバーワンのダークエルフさんが出てきたんだったな。

さすが、ナンバーワン。

危うく精神も連れていかれるところだった……。

ともあれ、やっと賢者モードが抜けてすっきりとした朝を迎えた俺は、朝食を食べてチェックアウトを済ませ、森林都市サルトゥスを出て西に足を向けるのだった。

「……異世界の刺身か。楽しみだな」

聞いたところによると、港町プエルトでは、美味い刺身が食えるらしい。街道を進みながら俺はまだ見ぬ食材に心を躍らせていた。今歩いているのは、街道と言っても道が広いだけで深い森の中だ。

それを考えるとフォディーナからサルトゥスの間の道は整備されていて、視界も確保できていたな。

出てくる魔物も森らしくベア、ウルフ、ボアやスネーク、タイガー、コングなど、種類も豊富。上位種もちょいちょい現れた。だが、俺の敵ではない。俺は魔力を指先に凝縮し、銃弾のように発射する『マグナム』をはじめとした魔法を使いつつ先へ進んだ。


サルトゥスを出発して二日目の夕方。

俺は、ちょうどプエルトとの中間地点の辺りにある大きめの野営地に到着した。

森の一番深い場所に位置するこの野営地は魔道具によって周囲を囲むように結界を張っているため、安全地帯となっている。

森の魔物は夜行性タイプが多いため、この結界付きの野営地は冒険者や商人で大賑わいだ。

自分のスペースを確保して設営した後、バーベキューコンロを出そうか悩んでいると、肩を叩かれた。

「お兄さん、ソロかい？」

振り返ると、気の良さそうなエルフのお兄さんが笑顔でこちらを見ていた。

「ええ、そうですけど……」

「俺ら今から飯にする予定なんだが、お前さんもどうだい？　せっかく隣に寝床を構えた仲なんだ、楽しくやろうぜ！」

せっかくのお誘いなので、交ぜてもらうことに。

俺が連れていかれた先は、六人の野郎達によるパーティ。

全員エルフでイケメンだが、中身がオッサンだった。

あっという間に打ち解け、俺はガンガン肉と酒を出し、彼らと一晩中大騒ぎした。

「あのナンバーワンと当たったのか？　運がいいなお前」

「俺は当たったことねえなぁ。羨《うらや》ましい……」

「おっ、あのダークエルフさんか？　あの人、いいよなぁ！」

会話が会話だったので、音も遮断できる結界を張っておいてよかったと心底思ったね。

「酒と肉、ありがとうな～」

「またな、ブラザーっ（笑）」

「おう、じゃあなブラザーっ（笑）」

翌朝、俺はブラザー達（笑）と別れて再出発。

そして再び魔物を狩りながら移動して二日間をかけて、港町プエルトに到着した。

「ん～、潮《しお》の香り」

やはり近くに海があると、潮がつんと香るな。緑の香りも好きだが、これはこれで素晴らしい。

夕日が海に反射して綺麗だし。

……ってもう夕方か。

もしかするともう宿は埋まってしまっているかもしれないと心配しつつ、街を歩く。しかし、幸いにも街の入口付近の宿が空いていた。

宿に荷物を置いてほっと一息ついてから部屋を出る。

夕食が付いているらしいが、せっかくなら現地の店で魚が食べたい！

フロントでオススメの刺身や寿司を出してくれる店を聞いてから、外へ繰り出す。

大通りを歩いていると、「さすが港町！」って感じの活気のある声が聞こえてくる。

港町らしい大通りを見ながら明日にでも買い物に来たいなと密《ひそ》かに決意しつつ、港まで行く。目当ての店は港にあるのだ。

港に到着すると、夕方なので当然漁は終わっていて、漁船が並んでいるし市場も閉まっていた。

「本当にこんな閑散《かんさん》としたところに店があるのか？」

不安になりつつも港沿いに船を見ながらオススメの店を探す……と、あったあった。

覗いてみると、結構お客さんが入っている。人気店なのだろう。待つかな？　と思っていたら、すぐにカウンター席に通された。

お茶をもらい、メニューを見る。

「……なんの魚か分かんねぇな」

マグロやサーモンといった馴染《なじ》みのある名前は一つもない。しょうがないのでオススメされた何品かを注文してみた。

しばらく待って出てきたのは、刺身の盛り合わせに寿司十貫、そしてあら汁。

どのネタもきらきら光っていて美味《うま》そうじゃねぇか……！

手を合わせて口に運ぶと――

刺身ウマーっ！　シースー、マイウーっ！　味噌汁うんまい！

大満足！　ごちそうさまでした。

美味しすぎて食べている時には気が付かなかったけど、異世界にも醤油《しょうゆ》とか味噌《みそ》ってあるんだな。っていうかエルフの大将、魚さばくの上手いな。ホールのエルフさんの和服いいね。

とか、熱いお茶をすすりながら考えたりして。

こうして大満足な夕食を終え、宿の方に戻りつつ裏通りにあるそれっぽい店を見る。

「今日はお腹いっぱいで幸せだから、やめとくか」

俺は、満足感を胸に宿へと戻った。


翌日、俺はエジルさんに紹介してもらったリディアさんと会うべく大公邸前に来ていた。

門番のエルフにエジルさんの紹介状を見せると、すんなり通された。

大きい門をくぐり広い庭を通り抜け玄関に到着すると、扉が開いてお爺《じい》ちゃんエルフが現れる。

執事さんかな？

イケメンお爺ちゃんとか、エルフはなんかアレだ……得だな。

「ようこそいらっしゃいました。主《あるじ》がお待ちです。こちらへどうぞ」

「あ、はい。お願いします」

執事さんの後について歩く。

長い廊下を進み奥の部屋の前まで行き、執事さんがノックをする。ドアの向こうから「どうぞ」と声が聞こえた。

ドアが開くと中にはとんでもない美女がいた。美術品のように整った相貌《そうぼう》にはどこか艶《つや》があり、エメラルドグリーンに輝くロングの髪が鮮やかに映えている。やや露出が多い緑のワンピースに身を包んでいるんだが、これがまたとても似合っているんだな。

「初めまして、リディア・フォン・エルフリアです。貴方のお名前を聞いても？」

「……あ、すみません。トーイチ・ムラセと申します。突然の訪問にもかかわらずご対応いただき、感謝します」

俺はペコリと頭を下げる。

ヤベェ……執事さんは気が付いたら消えていて、二人きりだしっ。

「どうぞ、お座りになってください」

「あ、はい。失礼します」

俺がソファーに座ると立っていたリディアさんはその対面に座り、こちらをまっすぐ見つめる。

やめてっ！　正面から見られるとちょっと緊張するからっ！

脳内で若干テンパっていると、リディアさんはクスリと笑う。

「フフ……そんなに緊張しなくていいわよ。楽にして」

ニコリと微笑みながら、そう言われたら——。

惚れてまうやろおおおおおっ！

そう声に出さなかった俺は偉いと思う。

「ああ……すみません」

ペコリと頭を下げる俺に、リディアさんは艶っぽい声で言う。

「じゃあ、まずはその堅い口調をやめちゃおっか？」

「……はっ？」

いきなり、何を？

「私、お堅いのは苦手なの。だから、いつも通りの口調で構わないわよ。貴方も面倒でしょう？」

「良いんですか？」

「もちろん。じゃなきゃ言わない」

「ふぅ……じゃあ、そうさせてもらう」

「フフ、それでオーケーよ。あ、でも他の人がいる時は元のままにしてもらえると助かるかな。一応立場上、ね」

「オーケー、理解した」

「フフ、話が早くて助かるわ」

やっとリディアさんとの距離感が定まったところで、彼女は本題に触れる。

「で、転移者である貴方は何故、神々のことなんて知りたいの？」

「疑問に思ったからだよ」

「……疑問？」

「ああ。俺が疑問に思ったのは大きく三点だな。まず、転移者が少なくない人数いることだ。そして、俺の知る範囲では転移者が日本人しかいないというのが二点目。さらに、それにもかかわらず転移に関わった神々の名前が伝わっていないのも不自然に感じた」

「待って。貴方は転移に関わっている神のことを知っているの？」

「実はこちらの世界に来る前に、俺は女神ヘルベティアに会ったんだ。その時にヘルベティアは『私達神はスキルを与えてから転移者を送り出している』と言っていた。ってことは神と会ったのは俺だけじゃないってことだろ？」

リディアさんは黙って話の続きを待っているようだ。

「だけど神々はその称号のみで、名すら知られていないとなると、意図的に情報が隠されているとしか思えないんだよな」

俺はそこで言葉を一旦切り、リディアさんの表情を窺《うかが》う。

ややあって、リディアさんは口を開く。

「私は、立場上一般人よりは神についての情報を持っているつもりよ。神に名前があることとかね。残念ながら貴方の知らない情報を出せるわけではないけど……。もっとも貴方が疑問に思ったことは私も疑問に思っていたわ」

「そうか」

ん～、手詰まりかな？

内心落胆していると、リディアさんはさらに言葉を続けた。

「ただ、手掛かりがないわけじゃない。私が調べられたのはアライズ連合国の中だけだからね」

「他国に行けば情報が得られるかもしれない……と？」

「他国でも市民の認識には差がないと思うわ。だけど――」

「国の上層部なら何かを知っているかもしれない……？」

「正解♪　と言っても確証はないけどね」

なるほど、ひとまずまったくの無駄骨というわけではなかったようだ。いろいろな国の上層部に神々について聞くというのが、旅の目的に加わったわけだからな。

「大して役に立てなくてごめんね」

「いや、疑問を持ったのが俺だけじゃないと分かって良かった。ありがとう」

さて、お暇《いとま》しますかね……。そう思っていた俺を、リディアさんの魅力的な声が引き留める。

「じゃあ次は貴方のこと、聞かせてね？」

「……は？」

「せっかくの転移者だし、いろいろ聞かせてくれるよね？」

アレ？　一瞬で間合いを詰められた？

そしてリディアさんはそのまま腕に抱きついて……ちょ、近い近い柔らかい近い良い匂い！　しかも、力強っ！　抜け出せないっ！

「教えてくれるよね♪」

狩られるっ！

俺はそう思いました。

翌朝俺は「知らない天井だ……」と呟き起床。

ぼうっとした頭のまま朝食をいただいて大公邸を出た。

大公邸を出た後、一度宿に戻る。その後人がいないところに『転移』してからタバコで一服を済ませ、再度散策へ出発した。

港の市場がまだ開いていたので見て回る。

朝一ではないので最高級品は売れてしまっているが、残っているものでもまだまだ新鮮だ。

『鑑定EX』で調理法を調べつつ、いろいろな魚類や貝類を物色する。

エビ・カニに似たものがあるな。海藻類も欲しい。

しかし、くまなく見てもタコやイカのようなものだけ見当たらないので市場の人に尋ねると、信じられないものを見たとでもいうような反応が返ってくる。

どうやらどちらもデカくて恐れられている魔物だったらしい。食べるなんてとんでもないと言われた。

寿司とかカルパッチョとか美味いのにな。残念だ……。

この港では見つけ次第リディアを呼んで魔法で仕留めてもらっているとのこと。……じゃあ俺が倒してもらっていってもいいよな。

そう考えた俺は、人気《ひとけ》のない海岸へ移動した。

『マップＥＸ』でサーチ……見つけた。

しかし、デカいな。

距離は結構あるから、魔法で倒すしかない。

俺は『マグナム』を海に向けて撃つ。

……やはり海中だと魔法の威力が減衰しちゃうな。

『ライフル』でもギリキツいか？　だが、『マグナム』や『ライフル』よりも威力の強い攻撃魔法の『ランチャー』は派手すぎるんだよなぁ……。

「……ふむ、『ライフル』を近いところから撃つのが一番いいか」

俺は『アイテムボックスＥＸ』からオリハルコン製の小型移動砲台――スクエアビットを六基出

す。こいつは、俺の魔力によって自在に操れるファンネルのようなものだ。ちなみに魔力さえ送り込めば『マグナム』などの攻撃魔法を撃てるし『結界』も張れる。さらには物理攻撃にも使える優れモノである。

俺は浮遊するそれに指示する。

「行けっ!!」

六基のスクエアビットは様々な軌道で目標の海上まで飛んでいく。

付与しなくてもいい音魔法を付与し、飛んでいく効果音をバッチリ再現したのは、俺のこだわりだ。

再現度の高さにちょっとニヤニヤしてしまったのはご愛嬌《あいきょう》。

スクエアビットは目標の海上にたどり着くと旋回を始める。そこへ俺は『ライフル』六発分の魔力を送り込む。

「当たれっ!!」

俺の掛け声とともに、スクエアビットは『ライフル』六発を一斉発射。目標はあっさり沈黙した。

そのままスクエアビットを使って獲物を回収した。便利だ……。

運ばれてきたそれを『鑑定ＥＸ』にかける。

『キングクラーケン』

しかもレベルは63か。

デカいと思ったけど、なんか凄そうなヤツを倒してしまったらしい。……まあ、いっか。

そのまま『アイテムボックスＥＸ』に入れ、その中で解体して不要部分はゴミ箱へ。

おお、魔石が結構デカいな。他の部分は……素材にはなりそうにないか。だが、食える！

ちょうどお昼時だし、海岸だし……よし、バーベキューだな！

俺は結界を展開してバーベキューの準備を始める。

火を起こしつつ、ビールを飲みながら先程市場で買った魚で刺身の盛り合わせを作り、クラーケンは……よし、カルパッチョにしようか。

そして火が良い感じになったところで魚、貝、海老を焼き始める。

焼き上がるのを待ちながら刺身やカルパッチョを白飯と一緒に食べ進め、焼けたらそちらも一緒に食う。……美味い！

特にクラーケンのカルパッチョは最高だった。

イカとタコ、両方の良いとこ取りな味わいなんだよな。

白飯との相性も良かった……。ごちそうさまでした。

腹が満たされたところで、せっかくの浜辺なのでタブレットでビーチチェアとビーチパラソルを購入。

横になりながらキンキンに冷やしたビールを呷《あお》る。

「……ぷはぁ……美味っ！」

なんて贅沢なんだ……。もう一口もう一口と飲み進める。

ただ、う～ん、何か足りないな……。なんだろう？

そうだ、格好が海に適していない！

思い立つや否や俺はもう一度タブレットを出し、水着にビーチサンダル、サングラス、ついでにアロハシャツを購入。

即着替えて、ビーチチェアへ座り直し、再度ビールを呷る。

「……ぷはぁ……これだな」

大満足したところで、ふんわりとこれからのことを考える。

国の上層部かぁ……。面倒な匂いしかしねぇ。

情報が公《おおやけ》になっていない以上、正面から尋ねても大した情報は得られないだろう。別のアプローチを考える必要がある。

国家の他に権力を持っている機関といえばなんだろうか。

「教会とか……？」

そうだ、教会。

前に俺が拾った小狼のニクスを狙ってネフィリス教のヤツらが襲ってきたことがあり、教会に関わるのを避けていたが、どの国でも宗教は大きな力を持っているはずだ。

いろんな国の教会巡りでもしてみるか。

まずはプエルトの教会に寄ってみようかな……明日から。

そう決めた後、俺はもう一本ビールを購入。

貝をちょいちょいつまみながら一缶空けたところで、良い感じに日が傾いてきたので片付けて宿に戻る。

教会を探しながら宿への道を歩いていたんだが、見つけられなかった。

っていうかすれ違う人々にやたら見られていたな。……サングラスとアロハシャツが目立っていたのか。次回は気をつけよう。

そんな反省もありつつ宿に着いた俺は受付に向かい、夕食は遅めでとお願いして部屋へ。

すぐに『洗浄』『乾燥』で体を綺麗にして普段着に着替える。

間違いなく魔法によって綺麗になったはずなのだが、潮のべたりとした感触が残っている気がして……風呂に入りたい。

風呂……風呂か。

こっちに来てすぐの時は入りたかったけど、生活魔法のおかげで汚れないから、すっかり忘れていたな。

思い出したら無性に入りたくなってきた……。

うん、教会なんか後でいいや。風呂を探そう。

日本人としては天然温泉を味わいたいところだな。

まず温泉を探して、風呂付きの拠点を手に入れよう。

いや……俺は出不精《でぶしょう》だからな。拠点なんか作ったら旅をしなくなりそうなんだよなぁ……。

『転移』があったとて出かけなくなってしまうかもしれん。

まぁそれは見つけてから考えればいっか。

とりあえず明日、図書館で温泉の情報を探して、温泉巡りへ出かけよう。

こうして俺は行動指針をあっさり教会巡りから温泉巡りにシフトした。

しょうがないよな……俺の中の日本人のＤＮＡが温泉を欲しているんだもの……。


翌日、俺は図書館に行き温泉の本を探す。

「コレだけか……」

見つかったのは一冊だけ。

どうも『洗浄』で体を清潔に保つこと自体はできてしまうからか、温泉の需要はほとんどないみたいだ。

とりあえず本を読んで場所を確認。

アライズ国内であればフォディーナからさらに北に進んだところにあるのか。

国外だと、北の方の魔王国にも温泉があるらしい。

「……ふむ」

ひとまず国内の温泉に入って、その後は魔王国に行ってみるか。

しかし本を読んでも正確な位置までは載《の》っていない。足で探すしかない、と……。

先輩とマサシに聞いてみてもいいかもしれないな。

その前にとりあえずサルトゥスに戻って洋品店に頼んでいた装備を受け取ろう。

俺は宿に戻りチェックアウトして外に出る。

プエルトを出る前にランチにするか。

初日に行った、港にある魚介の美味い店へと足を向ける。ランチもやっているな、と確認して店内へ。

絶品海鮮丼大盛を平らげて店を出たところで……。

「見つけた♪」

リディアに拉致《らち》られた……。

◇　◇　◇

翌日、「……この前見た天井だ」と目を覚まし大公邸を出る。

まさか強襲されるとは……。

頼んでいた装備を取りに行くためサルトゥスへと向かう。早く着きすぎて、装備がまだできてないなんていう事態を避けるために、サルトゥスまでは徒歩だ。

狩りと野営を繰り返しつつ歩く。

森を突っ切る街道の中で多数の魔物に遭遇した時は、練習がてらスクエアビット十二基によるオールレンジ攻撃をお見舞いしてやり、野営中は貝の酒蒸しや焼肉などを一緒になった人達と楽しんだ。

こうして数日かけて、サルトゥスに到着。

夕方に到着したので宿にチェックインし、夕食を済ませてから歓楽街へ向かった。そして俺は再度ナンバーワンのダークエルフさんに返り討ちにあうのだった。


その次の日、装備を受領するために洋品店へ。

店主から受け取った装備は一見ただの黒のマントだが、糸状のミスリル魔合金を編み上げた布地が使われた特別製だった。さらに、糸状のオリハルコンやグリフォンの羽根まで要所要所に縫い込まれている。

それだけじゃない。表面には、魔力を通して脳波の受信・発信を可能にする石——感応石《かんのうせき》を液体にしたものが塗布《とふ》されており、スクエアビットの操作性が底上げされている。

そこに、各物理耐性に魔法耐性、風属性耐性、感応アップ、魔力増幅まで付与されているというえげつない代物……。

「おお、なんか凄いのできましたね」

「ありがとうございます。職人も良い仕事ができたと満足しておりました」

代金を渡そうとすると「受け取らない」と店主に言われた。さすがにそれは気が引けるので、代わりにレア素材を提供することにした。

それからコートを『アイテムボックスＥＸ』に入れて退店しようとしたところ、店主に引き留められた。コートに合わせて厚手の服も作ってくれたとのこと。

こちらは上下ともにミスリル糸によって編まれており、各物理耐性、防寒、防熱が付与されている。

俺は服を受け取り、改めて店長さんと職人さんに礼を言って、洋品店を出た。

店を出た後は、教会を探しながら図書館へ。

「やはり教会は見あたらないか……」

図書館で温泉の本を探すも、プエルトの図書館にあったのと同じ本があるだけだった。

俺は諦めて、昼食をとることにした。近くにレストランがあったので、そこで腹を満たした。

昼食後は野営で減った分の食料を買い込んでから宿へ戻る。

ん～、やはり海産物は売ってないか……。いや、あるにはあるんだが、並んでいるのは乾物ばかりで鮮魚はないんだよなぁ……。

まあ、欲しくなったら『転移』でプエルトに飛べばいっか。

夕食を済ませて部屋に戻り、誰にも見られないよう外へ『転移』してタバコで一服。

「……すぅ……ふぅ……」

タブレットで買った缶コーヒーのプルタブを開けて一口飲む。そしてちびちびと中身を減らしながら、明日の予定を頭の中で立てて、モチベーションを上げていく。

明日はフォディーナ方面に行くんだ。温泉、楽しみだなぁ……。

缶の中身がなくなったのを確認してから、俺はタバコの火を消して携帯灰皿へ入れ、コーヒーの空き缶と一緒に『アイテムボックスEX』へしまう。

そして『転移』で宿の部屋に戻り、一息ついてから……。

「よし、行くか」

翌々日の朝、俺はベッドから出ていそいそと着替えていた。

一昨日はナンバースリーのほんわかエルフさんだった。俺は油断せず戦闘へと移行し……超癒されました。ありがとうございます。

朝食をいただきチェックアウト。

俺はフォディーナ方面へ向かう。

途中、野営所と宿場町を経由してフォディーナへ。

あ、宿場町へ泊まった際にはもちろん踊り子さんのいるお店をリピートさせていただきました。

フォディーナには昼頃到着したので、ランチを済ませてからドゥバルの店へ足を運ぶ。

店内に入り店員に話しかけると……。

「いらっしゃいませ。奥にどうぞ。工房にいますよ」

と、ほぼ顔パス。……どういうことだよ。

ドゥバルだからいっか、と工房へはノックなしで突入。

ガチャ。

「……」

「……」

バタン。

「待て待て待て待てっ」

ドゥバルは一人で、効果音やセリフを口に出しながらガン○ラを戦わせている最中だったので無言でドアを閉めてやったのだが、凄い勢いで部屋に引きずり込まれた。

「お前さんがガ○プラを置いていくのが悪い！　儂《わし》は悪くない！」

「どんな言い訳だ」

「うぐっ……はぁ。で、なんの用だ？」

俺はフォディーナの温泉がどこにあるのかを尋ねる。

それを聞いたドゥバルは「ふむ」と呟き、顎に手をやる。

「儂は行ったことがないから正確な位置は知らんな。ただ、確か国境に近い位置にあると聞いた覚えがある」

フォディーナと一口に言ってもだいぶ広いもんな。とはいえフォディーナに住むドゥバルすら行ったことがないということは……秘湯的なアレなのか？

「なるほど……分かった、ありがとさん」

礼を言って工房を出ようとすると、ドゥバルに引き留められた。

「それよりスクエアビットと『琥珀《こはく》』はどうだ？」

「ああ、実は――」

以前ドゥバルにはスクエアビット以外に、業物《わざもの》の刀である琥珀を打ってもらっていたのだ。

しかし、スクエアビットが便利すぎて琥珀の出番がなかったことを話すと、ドゥバルは机に突っ伏した。

「せっかく気合い入れて作ったのに……」

突っ伏したままドゥバルは愚痴《ぐち》る。

でも大抵魔法でケリ着くし、ダメージを食らったことないし……しょうがなくない？

とはいえ作ってもらうよう依頼したのは俺なので、お詫《わ》びに全ての武器を装備させたゆ・ー・し・ー・仕様のガ○プラをドゥバルに渡す。

ドゥバルさん、目輝かせすぎ……。

満足してくれたようなので今度こそ店を後にした。

温泉は国境寄りにあるのか……。

今日は泊まって明日出発だな。とりあえず宿を取りに行くか。

翌日、俺は宿を出て北の魔王国国境に続く街道を歩いていた。

鉱山は首都フォディーナから約二日の距離だそうだ。

一日歩いたところで、野営地に到着した。

野営地にいるのは九割がドワーフだった。全員に酒を振る舞ったら、喜んだドワーフ達はあっという間に野営地中央にキャンプファイアーを組み上げ、宴会を始めてしまった。

俺は早めに宴会を抜け出し結界を張ってテントで寝たのだが、翌日にテントから出ると飲みすぎて潰れたドワーフ達が折り重なって倒れていた。

体を揺すっても起きなそうだったので、俺はそっと野営地を出た。

そして、その日の夕方には鉱山の入口そばにある宿に到着。鉱夫と採掘に来た鍛冶職人や冒険者が多いからか、宿はかなり大きい。部屋は大部屋か個室の二種類あるとのこと。

個室は狭いが、まあ十分だろう。

そんなことより大事なのは――。

「風呂がある！」

そう、この宿には風呂があるのだ。しかも温泉だ。

俺はチェックインしてすぐに大浴場へ足を運び、温泉を堪能《たんのう》する。

「……あぁぁあああぁぁぁ」

堪《たま》らんな。『風呂は命の洗濯』とは、よく言ったものだ……。

キンキンに冷えたビールを出したいが、大浴場なので我慢。

周りはむさ苦しい野郎どもばかり。皆体と頭を洗ってから湯に浸《つ》かり出ていく。

マナーはしっかり守られているようだな。

不満があるとすれば……。

「泡立ちが悪いな……」

備え付けの石鹸《せっけん》を使ってそう思った俺は、タブレットで日本の石鹸を注文。

トゥルットゥルのツヤッツヤのサラッサラだぜ！

洗っている時に周りの野郎どもから注目されてしまったが、錬金で失敗してたまたまできたものだと説明した。

そんなことがありつつも温泉を堪能した俺は、風呂から上がり脱衣所へ。

スキル『乾燥』で瞬間乾燥すると、いつもよりさっぱりした気がする。

周りのヤツらも、ほとんどが俺と同様にタオルを腰に巻き『乾燥』を使っている。

ただでさえ石鹸で注目を集めてしまったので、さすがにここでコーヒー牛乳を購入して飲むとさらに目立ってしまうしな……。着替えて部屋に戻った後にタブレットでコーヒー牛乳を購入。

腰に手を当て一気に呷る。

「美味い。美味いが……」

ん～、やっぱり腰にタオルを巻いて脱衣所で飲む方が雰囲気出るな……。

そう一人ごちながら、夕食を食べるべく食堂に行く。

若干の期待を胸に料理を口に運ぶが……全体的に薄味だ。しかも量が多い。

うん、お世辞にも美味しいとは言えない。

俺がそぉっと日本の調味料を使うと、夕食時で周りに人が多かったので、あっさりバレてしまった。そして、仕方なく俺が調味料をかけた食べ物を食わせてやると、そいつらは声を揃えて——。

「「売ってくれぇぇぇっ!!」」

超売れた……。

あの後、調味料を足した料理を肴《さかな》に宴会が始まり、俺は巻き込まれた。

いや、満足したら部屋戻って寝ろよ……。

場所柄、従業員以外に女性はいないので、野郎どもと結構遅くまでバカ騒ぎをしつつ飲んでしまった。

終わる頃にはドワーフ以外は軒並《のきな》み潰れていたな……。

翌日、チェックアウトして昨夜の宴会中に聞いた温泉へ足を向ける。

宿を出ようとすると多数の野郎どもに惜しまれたが……お前らは調味料目当てだろっ！

聞いた話によると温泉は山中にあり、四時間程度で着くとのこと。

道中は獣道と呼んだ方が正しいくらいにしか整備されていない。その道を進んでいき、ぽつりとある小さい小屋が目印なんだそう。

その小屋は誰かが住んでいるわけではなく、脱衣所代わりに使用されているらしい。

また、小型の魔物も温泉に入りに来るらしいが、温泉の周りでは何故か襲ってこないんだと。

……ふむ、何かそういう結界でもあるのかね？

『マップEX』で方向を確認しながら道なき道を進んでいく。

しばらく歩くと、なんらかの結界の中に入った感覚があった。

『鑑定』してみると、魔物避けではなく戦意低下の効果のある結界だった。

それで戦闘にならないわけか。

さらにしばらく歩くと、聞いていた通り、小屋があるのを発見。

その小屋の先には石に囲われた露天風呂がある。

「おお！　良いロケーションだ」

いざ入らん！　と小屋を見たのだが……あまり使われていないであろう木造の小屋はかなり傷《いた》んでいる。

「う～ん、脱衣所代わりとはいえ、あまりにも粗末だな」

よし、タブレット。

プレハブ小屋、検索。

「あったけど……四帖《じょう》で約二十万円もする。ということはこっちの通貨で二百万か……高ぇ」

しかしあんなぼろ小屋で着替えたくないな、ということで購入した。

綺麗なプレハブ小屋を置いて、古い小屋は回収してゴミ箱へ。

中に入ると当然何もないので、棚や網のかご等を購入して置いていき、床にはすのこを敷く。

こんなもんで良いだろ。

服を脱いでかごに突っ込み、木桶《きおけ》にお風呂セットを入れて小屋を出る。

かつて小屋があった場所からは、やや粗いが石畳が露天風呂まで続いている。

足元に注意しながら歩き、温泉の入口でかけ湯をして汚れを落としてから露天風呂に浸かる。

「……はふぅ～」

ちょうど良い熱さだな。

俺はお風呂セットが入っているのとは別の木桶を出し湯に浮かべ、その中に徳利《とっくり》に入った冷酒とお猪口《ちょこ》を入れる。

お猪口に冷酒を注ぎ、口に含む。

「……ふぅ～、美味い！」

露天風呂でキンキンに冷やした冷酒を浮かべて一杯やるなんて、もの凄い贅沢だ。

「最高だな」

一人ごちながら、俺はもう一度お猪口を口元へ運んだ。

温泉から出て、バスタオルを腰に巻きキンキンに冷えたビールを呷る。

「……ぷはぁっ」

コーヒー牛乳にするか迷ったが、露天風呂で火照《ほて》った体にはビールで正解だったようだ。

タブレットで時間を見ると、お昼を食べるのにちょうど良い時間。

ここで食べるか……と考えた俺は着替えてから、プレハブの横にバーベキューコンロを出し、ビールを飲みながら肉や野菜を焼いていく。

「しかし、すっかり一人バーベキューが上手くなっちゃったな……」

と、ぼっちスキルが上がったことを嘆《なげ》きつつ、焼けた食材を摘《つま》んでいく。

「……ふぅ」

バーベキューを終え、一服しながら俺は幸せを噛《か》み締めていた。

露天風呂に入った後、酒を飲みながらバーベキューとか……幸せすぎる。

ビーチチェアに座り、引き続き飲んでいるとガサガサという音がして、茂みから魔物が出てきた。

『マップＥＸ』で近付いてきているのは分かっていたが、敵意がないのも分かっていたので放置。

『鑑定ＥＸ』によると、出てきた魔物は『ヴノケルウス』というらしい。

……なんとなく神々《こうごう》しい感じの名前だけど、鹿だな。

ヴノケルウスは俺を見た後、温泉の方に歩いていき、そのまま浸かった。

目を瞑《つむ》って気持ち良さそうだ。

マジで襲ってこない……本当に凄いな、この結界。

そんな風に感心していると、次のお客さんがやって来た。

ノシノシとやって来て俺を一瞥《いちべつ》した後、優雅に温泉に浸かり始めたそいつの名前は『ヴノティグリス』……うん、虎だな。

ネコ科ってそんな普通にお湯入るっけ？

なんか「むふぅ～」って感じで浸かってるけど……。

ほへぇ～っと見てると、ビーチチェアに座っている俺のズボンの裾が引っ張られた。

見ると『ヴノシーミア』……猿の子供が物欲しげな目をしていた。

ヴノシーミアの子供は裾を引っ張りながら反対の手でバーベキューコンロを指差している。

どうやら食べたいらしい。

しょうがねえなと、まだ網にあった肉と野菜を皿に移し差し出すと、手掴みでハグハグ食べ始めた。

俺は追加で食材を焼き始める。

気が付くと俺は魔物に囲まれていた……。


魔物達は食っては温泉に浸かり、浸かっては食いを繰り返し、しまいには俺の周りで寝始めた。

俺はもう一度温泉に浸かる。

頭の上には『ヴノガート』の子供――まあ、子猫だ――が乗っている。

……浸からないなら降りろよ……。

「それにしても、ほっこりするなぁ」

まったりくつろぐ魔物達を横目にここで一泊することを決意した俺は、プレハブの横にテントを出し野営の準備を始める。

準備を終えて夕飯までゆっくりしようとビーチチェアに戻ると、そこはヴノガートに占領されていた。

無理やりどかすのもかわいそうなので、俺はタブレットでアウトドアチェアを購入する。

ビールを片手に座るとそいつらは俺の膝上に移動してきて、子供は頭に乗ってきた。

……お前ら。

ネズミのオモチャを購入して、ゼンマイを回し離す。

スピード感あふれる走りを見せるオモチャを、猫達はニャーニャー言いながら追っていった。

「ふっ、所詮獣だな……」

優越感に浸《ひた》っていると、今ので起きてしまったらしいヴノティグリスが膝上に顎を乗っけてきた。

お前もか……。


夕食を済ませて温泉に浸かり、出てからまたビールを呷る。

「くぅぅぅぅ、美味っ！」

やっぱ湯上がりの一杯は最高だな！

本日二度目の贅沢を済ませた俺はプレハブに戻り、着替えてからテントへ。

テントに入ると猫達が居座っていた。

もう面倒くさかったので猫達の真ん中で横になり、その日はそのまま意識を手放した。


翌朝、少し早く目覚めた俺はひと風呂浴びてから、朝食を済ませて片付けをする。

プレハブは高い買い物だったが、置いていくことにした。『転移』でいつでも来られるしな。

最後に魔物達をひとモフしてから、温泉を後にした。

さて、今度は名湯があると噂の魔王国の国境方面に行くか。


温泉から一日歩いたのだが、俺はまだ森の中にいた。

戦意低下の結界を抜けると普通に魔物達が襲ってくるので、狩りをしながら歩く。

魔物達は結界内にいた時は「もふ〜ん」って感じだったのに、結界外だと凶悪な面構《つらがま》えになっているんだよなぁ。おかげでというかなんというか、遠慮なく狩ることができた。

そんなこんなで歩を進め、少し開けたところにたどり着いたので、結界を張って野営の準備をすることに。

今日は『アイテムボックスＥＸ』から調理済の食べ物を出し、簡単に夕食を済ませる。

そしてビールを呷りながら一服した後、テントに入り就寝した。


起きてテントを出ると、結界に大蛇《だいじゃ》が巻き付いていた。

「……どうしてそうなった」

『鑑定ＥＸ』で調べてみると、こいつは『ヴノアングイスグランデ』というらしい。

目測で百メートル近くある、超デカい大蛇……まあデカい。

俺は一人で野営をする時は大体五メートル四方の立方体の結界を張っているのだけれど、ソレを四周くらいしている。

デカい牙が結界内に食い込んでくることはないが、何やら紫色の液体が天井から壁を伝っている。

あれは……百パーセント毒だろう。

壁を伝って地面に垂れた液体が、シューシュー音を立てているし。

さて、どうやって倒そうか……。

とりあえず野営道具を片付けて、腕を組んで考える。

結界を消すと毒が降ってくるだろうし、巻き付いているあの巨体が落ちてくるって考えると面倒だ。コレはなし。

じゃあ結界の内側から魔法で頭を撃ち抜くのはどうだろう。……天井部分に穴が空いて毒が降ってくるな。微妙だ。

『転移』してバイバイするのが一番楽だが、せっかくの獲物を逃す選択肢はない。

そうなると結界外に『転移』して、ヴノアングイスグランデの横から魔法を撃つ！　コレだな……いや、待てよ。スクエアビットを『転移』させて横からやる方が安全か。

俺はスクエアビットを三基出し、『転移』で結界の外へ送る。

結界を撃ち抜かない角度にスクエアビットを配置して――『ライフル』！

エフェクト音とともに、スクエアビットから放たれた三本の紅《あか》い閃光《せんこう》が大蛇の頭を貫いた。

動かなくなった大蛇を『アイテムボックスＥＸ』に回収・解体する。

そして次は、結界の天井や壁に付着している毒の処理。

コレも『アイテムボックスＥＸ』でできたので、そのままゴミ箱へ。一応『洗浄』もしておく。

「……コレでいいかな」

まったく朝っぱらから面倒くさい。

やっと落ち着いた朝を迎えた俺はテーブルと椅子を出し、調理済みの飯を並べた。

さて、朝飯にするか。


それからさらに一日移動して、やっと国境に到着した。

国境付近は宿場町になっており、店舗等は一通り揃っている感じ。

街の南から北へと国境の壁が伸びており、ちょうど街の中心に当たる場所に大きな門がある。ここで入国審査をしているのだろう。

時間を確認すると十八時を過ぎているが、審査待ちをしている人はまだいる。越境は明日にしてひとまず宿を探そうと宿場町に引き返す。

「……」

宿は三店舗あったが全て満室でした。

どうするかな、と歩いていると冒険者ギルドの出張所があったので入る。

良かった、まだ開いてた。

受付には酒を飲んでいるドワーフのオッサンがいた。

「んん？　おう、閉めんの忘れてたわ……で、こんな時間になんの用だ？　クエストの受付はしとらんぞ」

「ああ、宿がいっぱいだったんでな。どこか野営できそうな場所がないか聞きに来たんだが……」

「ハハ、それは災難だったな。国境門沿いに西側に行けば野営できるスペースがあるぞ」

「分かった、ありがとう」

「なあに、気にすんな！　ガッハッハッ！」

俺はドワーフのおっさんの言う通り、冒険者ギルドを出て門に戻り西側へ歩いていく。

結構、野営している人達も多いんだな。

そんなことを考えながら隅っこに陣取り野営の準備をして、テントの中へ。

一度落ち着くと、ある欲望がもたげてくる。

「……一回温泉に入っちゃうとアレだな。また入りたくなるな、やっぱり」

なので『マップEX』で温泉を確認。人の反応はないので、そのまま『転移』した。

◇　◇　◇
『転移』で温泉地に飛び、再び露天風呂を堪能した俺は国境の野営地へ戻ってきていた。

まだ温泉の余熱で体がホカホカする中、テントに入ってビールを呷る。

「ぷはぁっ！」

うむ、美味い。

その後も勢いよく飲み続け、ビールの缶を空けてからテントの外へ。

さて焼くか、と結界を張って一人バーベキュー開始。

シンプルに肉だけ焼きながら食べ進める。

その途中で、「そういえば！」と思いつき、『アイテムボックスEX』から朝倒した大蛇の肉を出す。

鑑定先生は美味いって言ってるけど、蛇肉なんて初めて食べるからちょっと楽しみだ。

少し時間をかけて、全体の色が変わるまでしっかり焼いて、口に運ぶ。

ん、あっさり目だけど美味い。これは焼肉のタレが合うんじゃないか？　とタレをつけて再びパクリ。

「……あ～、美味い」

コレは良いな。蛇肉は大量にあるし、しばらくは楽しめる。

さっぱりしているからいろんなタレと合いそうだ、と考えた俺はいろいろ試しながらじゃんじゃん焼いていく。

「ごちそうさまでした」

なかなか美味かった。満足満足。

さっと片付けて、ビールをもう一缶出しタバコに火をつける。

「……ふぅ～、明日は国境を越えて温泉の情報集めだな」

これからの予定を立て終えてから火を消しビールを空け、テントの中へ入り、横になった。


翌朝。朝食の後、入国審査の列に並ぶ。

寝坊もしていないし予定通りの時間に到着したのだが、結構並んでいるな。

荷物を見るに、並んでいるのはほとんどが商人みたいだ。

順番が回ってきて、俺は魔族の門番にギルドカードを出す。

「冒険者か。目的は？」

「温泉に入りに」

「ほお、温泉の良さが分かるのか?」

「ふっ、温泉は文化だよ……」

「ちょっと何言ってるか分からない」とツッコミが入りそうだが気にしない。

俺は門番としっかり握手して、国境を越えたのだった。


魔王国への入国を済ませた俺は、情報を集める前にまずは宿探しをする。

昨日と違い時間が早かったこともあり、宿は案外すぐに見つかった。チェックインして再び外へ出る。

「夜に酒場で、ってより昼間の方が温泉の情報は集まりそうだよな……」

ということで、散策と買い物がてら情報収集を開始した。

食材を買い込み、屋台で買い食いし、道具屋で使えそうなものを探しながら、ちょいちょい温泉のことを聞いてみる。

そうしていくつか温泉の情報を入手してから、昼飯をとるために飲食店を探す。

「……探すほど店がなかった」

まあ国境の宿場町だしな。

ただ、入った店で出された料理はしっかり美味かった。
やるな、魔王国。いや、ここの店主の腕が良いのか？
ともあれ、大満足です。ごちそうさまでした。
情報が手に入り、腹も膨れた俺は、満足しながら宿に戻り缶コーヒーを飲む。
「……んっ、今日はゆっくりするか」
ゴロンとベッドに横になり、久々にステータスを確認してみる。

現在のステータス
名前：村瀬刀一（18）
種族：人間
職業：無職
称号：召喚されし者　Dランク冒険者　賢者　初級ダンジョン踏破者　中級ダンジョン踏破者
上級ダンジョン踏破者　喫煙者
レベル：66
HP：13400　MP：13400
力：6600　敏捷：7920

魔力：１０５６０　精神：１３４００
器用：９２４０　運：80
【スキル】
鑑定ＥＸ　アイテムボックスＥＸ＋《プラス》　言語理解
健康ＥＸ　マップＥＸ　ステータス隠蔽・偽装
並列思考レベル9　気配遮断レベル10　速読レベル10
【戦闘系スキル】
剣術ＥＸ　短剣術レベル10　体術レベル10
縮地レベル10　狙撃レベル10　魔闘技レベル9
【魔法系スキル】
空間魔法ＥＸ　魔力感知レベル10　魔力操作レベル10
生活魔法　身体強化レベル10　付与魔法レベル10　音魔法レベル8
【生産系スキル】
採取レベル5　料理レベル4　錬金術レベル10
【ＥＸスキル】
大魔導

【固有スキル】
女神の恩寵《おんちょう》　タブレットPC

結構レベル上がったな。

上級ダンジョン踏破者が増えて、後は変わりないかな。いや、結構いろいろ変わったか……ん？

しかし、ステータスと装備をこんなに強くして、俺は何と戦うつもりなんだろう。

まあ「備えあれば憂《うれ》いなし」とも言うし、揃えておいて悪いこともないか。

ここまでステータスとか上げても職業が無職なのは、もうどうでもいいか……。

横になってそんなことを考えているうちに俺は意識を手放していた……。

◇　◇　◇

「……従姉《ねえ》さん、そろそろ怒りを収めてくれないか」

私はルシファス・ヴィ・サタニア。魔王国の現魔王である。

現在従姉《いとこ》のヴィーネの怒りを収められずに、うんざりしているところだ。

まあ、彼女が怒るのも分からないではないが……。

「ルシファス、アンタが黙っているからこうなったんじゃないの!?」

「いや、まあ、そうなんだけど……」

そう、事の発端は魔王国三大公爵家の一つ、レイカー家の次期当主が起こした騒動だ。

魔王国では昔からよくある事態——クーデターである。

魔族に昔はよくいた脳筋なヤツらが『力こそ全て』という理念の元に徒党を組んで、レイカー家の次期当主を担ぎ上げたのだ。

担ぎ上げられた次期当主も絵に描いたような脳筋だったため、ノリノリでルシファスに宣戦布告してきた。

面倒なことにならないよう、従姉であるヴィーネに「ただ今クーデター中。戻るな」と連絡したら、彼女は魔王城に突撃してきたのだ。クーデターの首謀者とレイカー家次期当主を引き摺《ず》りながら……。

私はヴィーネを巻き込まないようにしようと思っていたのだが、どうやら逆効果だったらしい。

「従姉さん……」

「全員叩きのめしたから終わりよ。後処理は任せるわ」

クーデターはあっさり鎮圧された。従姉の独力で。

「もう従姉さんが魔王やれば良いいんじゃないかな?」

「嫌よ」

「……はあ。せっかく帰ってきたんだし、少しゆっくりしていけば？」

「そうね、そうするわ」


それから私は数日かけ後処理を行った。

しかし従姉は私の対応がお気に召さなかったようだ。彼女は渋い顔をして言う。

「ルシファス。アンタの優しさは美徳よ。だけど、こういう時はしっかり叩きのめさないといずれ失敗するわよ」

「それは分かっているよ」

「なら――」

従姉さんはさらに言葉を続けようとしたけれど、私はその言葉を遮るように言う。

「それでも私のやり方は変えないよ」

「……まったく、その頑固さだけはおじさん譲りなんだから」

この話題を続けるのは得策じゃないな、と考えた私は話題を彼女の夫――ソウシさんに移す。

「そういえば、ソウシさんは元気かい？」

「いつも通り――いえ、前より元気になったかも？」

「へぇ……なんでまた？」

「それがソウシの後輩と会ったみたいで、なんだか楽しそうなのよ。前より若くなった感じがするわ」

ソウシさんは最近忙しいため、従姉さんすら通信魔道具越しでしか話せていないから、なんとなくしかソウシさんの様子は分からないらしい。

「後輩さんは転移者？」

「そうらしいわ」

「ってことは、また王国が大規模召喚でもしたのか？」

「詳しくは聞いてないけど、そうみたい」

常にろくでもないことをしているな、王国は……。

あれ？　でもソウシさんと会ったということは……。

「もしかして、その後輩はすぐに王国から逃げ出したのか？」

「そうみたいよ」

まあ、そうだよな。

「そっか、なんにしてもソウシさんが元気ならいいか。そうだ、従姉さん」

「何？」

「ソウシさん、温泉好きだろ？　従姉さんがこっちにいるなら、招待してあげれば？」

「良い案ね！　そうさせてもらうわ」

ソウシさんに我が魔王城自慢の大浴場を満喫してもらおう。

早速通信魔道具でソウシさんに楽しげに連絡をする従姉の姿を見つつ、尊敬するソウシさんに会えることに私の心は弾んでいた。

◇　◇　◇

装備を整えて宿場町の宿のチェックアウトを済ませた俺――トーイチは、アライズ連合国とアディス魔王国間の国境沿いを北西へ進んだ先にある、魔王国最西端の港町を目指して歩いていた。

『魔王国アディス』はかつて、『魔王』という言葉でイメージする通りの暴力的な魔族によって治められていた。しかし、何百年か前に穏健派の行った大規模召喚によって召喚された日本人が、魔王を含めた過激派を一掃《いっそう》。穏健派の一人を新たな魔王に据え、日本要素を取り入れつつ、魔族とともに文化を発展させてきたという背景があるらしい。

そして、現魔王ルシファス・ヴィ・サタニアはまだ若い魔王だが善政をしき、高い評価と支持を得ており、周辺国とも友好な関係を築き上げている。それにより現在も魔王国は発展し続けている……とのこと。

今向かっている街は、温泉と海の街として有名らしい。またアライズ連合国内の港町プエルトとの船を使った交易も盛んで、魔王国の中でもまあまあ栄えているそうだ。

ちなみに今日入国手続きを担当してくれたのは、昨日温泉の話で意気投合した門番さんだった。

港町に行くことを伝えると「おお、あそこに行くことにしたのか！　あそこには海が一望できる露天風呂付きの宿があって、そこがおすすめだ。あと食い物が美味い」と教えてくれた。

俺は門番さんとグータッチして別れ、歩き始めた。


ふ～ん、良い魔王なんだな……。なんだ、『良い魔王』って……。

まあ、魔王という言葉には『敵』のイメージがあるから、変なニュアンスになっちゃうよなぁ。

そういえばこの間通信魔道具でソウシ先輩と話した時に、奥さんが魔王の従姉だって言っていたような気がする。

……ソウシ先輩はトラブルメーカーだし首都には行かない方が良いかな？　なんて若干失礼なことを考えつつ、俺は歩を進めた。


国境沿いの街道は広く、しっかり整備されている。また四、五キロ間隔で休憩できるスペースが取られているのはきっと、日本人のこだわり故だろう。

しかし、やはり異世界……少し行ったところで盗賊達に囲まれてしまった。

「ガキが一人で歩いているなんてな」

「狙ってくれって言ってるようなもんだ」

「おらガキ、持ち物全部差し出すか死ぬか選べ」

テンプレ感が凄くてもういっそ笑えてくる。

しかし外見が若いとやっぱナメられるなぁ。中身四十オーバーのオッサンなんだけどなぁ……。

「おいおい、ビビッて何も言えなくなっちゃってるじゃねえか」

「ビビらせすぎだ、お前ら」

ん～、『転移』で逃げてもいいんだけど……。

「おらっ、さっさと荷物置けやっ！」

「それとも死にてえのかぁっ⁉」

「ビビりすぎて動けねえんじゃねえか？」

うるせぇな……。

「もういいや、俺がヤ――」

なおも囀《さえず》る盗賊の腹に、俺は一発お見舞いする。

殴られた盗賊はくぐもった悲鳴を上げて、くの字に折れた。そして、周りのヤツらはその様子を見てぎょっとしている。

「「「っ⁉」」」

「なっ⁉　この、ガキが！」

メキィッ！

俺は口を開いた別の盗賊に拳を叩き込んだ後、低い声で言う。

「うるせえよ、テメエら……」

別にストレスが溜まってたワケじゃないんだけど、こうも煽《あお》られると、なぁ？

盗賊達は臨戦態勢に入る。

「このガキ、やりやがった……」

「死にてぇのかぁ、ガキィっ‼」

ガキガキやかましいなぁ……コイツら潰す……！

決意した俺は、ゲームで強キャラがするように手をくいくいっとやりながら挑発する。

「ほら、相手してやるから来い」

ブチィッと盗賊の何かが切れた音が聞こえる気がした。

「「「スミマセンでしたっ!!」」」

それからややあって、盗賊達は絶賛土下座中である。

「……で、なんで盗賊なんかしてんの？」

聞いても黙りこくったままの盗賊達。

「言わないと蹴《け》るぞ」

俺がそう言って脅《おど》すと、盗賊達はやっと語り始めた。

「……実は——」

彼らが住んでいた土地の次期当主がかなり悪いヤツで、現当主を軟禁してしまったという騒動がきっかけらしい。それから次期当主はやりたい放題し始め、結果、領民への税金やらなんやらが重くなってしまったという。さらに、本格的なクーデター計画まで発覚し大混乱。領内がめちゃくちゃになる中彼らはひとまず逃げ出したものの、先立つモノがなく盗賊をするしかなくなった。そこへ、見るからに良さそうな装備を身につけたガキである俺が一人で歩いてきたわけで——。

盗賊の話を要約するとこんな感じだ。

「まあ同情はするけどなぁ……」

「「「本当にスミマセンでしたぁっ!!」」」

「……はぁ」

俺は『アイテムボックスEX』からバーベキューコンロを出す。

「ほら、飯にすんぞ。手伝え」

「「……えっ!?」」

「もう土下座はいいから、手伝え」

「「え、あ、はいっ！」」


「ほら、焼けてるぞ。食え食え」

ヒョイヒョイと焼けた肉を盗賊達の皿に入れていく。

皿にはもちろん焼肉のタレが待ち構えている。……また、ここでも無双してしまうのか。

「そっちも焼けてるぞ。ほら、自分達で取れ」

焼けた肉を取らせて次の肉を並べていく。

「どんどん焼くぞ。さっさと食えっ」

たらふく肉を食わせて、たらふく酒を飲ませてやった。

盗賊……いや、逃げ出した領民達は、慣れない旅と盗賊行為に対する緊張で疲れ切っていたのだろう。食べた後は地面に横になりグッスリだ。

「で、これからどうするんだ？」

バーベキューの道具や空き缶を片付けつつ、俺は唯一起きているリーダー格の男に問いかけた。

「できれば故郷に戻りたいと思っている。だけど戻っても――」

「戻りたいのなら戻ればいい」

「しかし、戻っても税金が――」

「そんなの払う必要ない。俺が手を貸そう」

「……ありがたい話だが、やめた方がいい。相手は公爵家だ。ただでは済まない」

公爵家かぁ……確かに面倒そうだな。だけど――。

「そんなのは知らん。気に入らなければ潰す」

俺はニヤッと笑って言った。

いざとなれば先輩を召喚して、魔王の従姉だという嫁さんのコネに頼ろう！

こうして俺は、魔王国内の港町に行く前に寄り道をすることに決めた。

行き先はレイカー公爵領、確かここにも温泉があるって聞いたな。

ちょうど良いっちゃあちょうど良いかな？


翌日、目的地をレイカー公爵領に変えた俺は、領民達とともに移動していた。

領民の一人が俺に声をかけてくる。

「なあ兄貴ぃ～」

「兄貴って言うな」

「じゃあお頭《かしら》？」

「おい、やめろっ」

「ん～……じゃあ若《わか》でどうだ？」

「『トーイチ』で良いって言ってるだろう……」

「でもよぉ～」

コイツら、何故か俺を名前で呼ばない。なんなの、面倒クサイ。

「お前らを俺の下につける気はない」

俺がずばっと言い放つと、ヤツらは悲しそうな声を上げる。

「「「ええぇ～っ」」」

「うるせぇっ、撃つぞっ！」

「「「……」」」

ホント面倒クサイっ！

そのまま歩いていると、目の前にゴブリンの群れが現れた。

行き先にゴブリンの集落があるのだ。

「行けっ！　スクエアビット」

俺が指示を出すと、特有の効果音を出しながらスクエアビットはゴブリン達に向かって飛んでいく。そしてそのままゴブリンを殴りつけた。

ゴブリン達がひるんだのを見て、俺は大声で指示を出す。

「よし、お前ら行けっ！」

「「「おおおぉぉっ!!」」」

俺が考えたのは、自分達で生きていくのに必要な力を身につけさせるために領民達のレベルを上げること——俗に言うパワーレベリングである。

「「「レベルアップ来たぁっ!!」」」

ゴブリンを倒した後、喜ぶ領民達を余所に、リーダー格の男だけ黙っている。

それを見て、領民の一人が心配げに彼に問う。

「どうした、リーダー？」

「……凄《すげ》ぇレベル上がってるんだけど」

驚く彼らに、俺は言う。

「ああ、キングの止《とど》めを刺したんだろ」

「……えっ？」

「いたぞ、ゴブリンキング」

俺が言うと、領民達は声を揃えて驚く。

「「「ええぇぇっ!?」」」

うるせぇ……。

「ほら、魔石と討伐証明部位取ってこい」

「「「はいっ!!」」」

しかし、リーダーだけわなわな震えている。

「……おおお俺が、ゴブリン……キキキングを……」

「お前もさっさと行ってこいっ」

俺が彼の背中を叩きつつ言うと、やっと走ってドロップアイテムを取りに向かった。

俺はスクエアビットを回収して、領民達が帰ってくるのを待つ。

あいつらが取った魔石やらはあいつらに持たせる。後で自分達のために使えば良い。

「魔法を使えるヤツは、解体が終わった魔獣の死体から燃やしてけよぉ」

「「「了解っ！」」」

そんなこんなで魔獣を倒しながら進んでいたら、あっという間に夜だ。俺らは野営準備をする。

公爵領まで後一日くらいで着くだろうか。

領民達のパワーレベリングは順調だし、野営も結構できるようになってきたと思う。

野営道具は魔石や魔物素材と交換してやった。タダではやらん。

タブレットでの買い物は、日本のレートの十倍の値段なのだが、ソコは泣く泣く当倍の値段での取引にした。

俺は超赤字だ……。

その後飯を食べ終わり、片付けを開始する。

「明日のために今日はさっさと寝ろよぉ」

「「了解っ！」」

明日はいよいよ公爵領に到着する。

さて、どうなるか……。


「……」

「「……」」

魔王国レイカー公爵領に着いた俺と領民達は、言葉を失っていた。

聞いていた話と違うのだ。

なんか、普通だ……重税やら何やらで荒れてるんじゃなかったっけ？

「普通の街だな……」

思わず呟いた俺に、領民の一人も呆然と答える。

「普通ですね……」

「荒れているって言ってなかった？」

「荒れているとまでは言ってないですけど……」

街で聞いて回ると、コイツらが街を出た後に『ヴィーネ様』とかいう人が来て、次期当主とその取り巻き、クーデター首謀者をフルボッコにして首都に連れていったらしい。

屋敷に軟禁されていた現当主レイカー公爵も無事に保護され、次期当主が連れていかれた後、領民に対して速やかに謝罪し街を元の状態に戻したと……。

「「「……」」」

「……お前ら、もう少し頑張ってれば俺にぶっ飛ばされることもなかったんじゃね？」

「「「言わないでっ!!」」」

そのまま領民達は声を揃えて「うわあぁんっ!!」と男泣きをしていた。

ただまぁ、ハッピーエンドではあるよな……？　俺も面倒なことをせずに済んだわけだし。

その後、元盗賊団の連中は衛兵の詰所に行き自首したが、領主の謝罪を受け、無罪放免になったそうだ。

元々、殺しもしていないし最低限のものしか盗っていなかったということもあり、罪が軽かったのも幸いしたとのこと。

それぞれ家族のところに帰るなどして、元の生活を取り戻している。

一部、俺についてこようとするヤツらがいたが……。

「兄貴、俺はアンタに」

ゴスッ！

「若、俺は」

ドスッ！

「師《し》しょっ」

ガンッ！

……というような感じで手刀で気絶させて衛兵の詰所に投げ入れ、兵士として頑張ってもらうことにした。

レベルは上がっているしなんとかやっていけるだろう。

こうして、なんかよく分からんうちに今回の盗賊団の件は終了。

俺はせっかく街に来たので、温泉を楽しもうと宿を探し始めた。

しばらく歩くと、なんだか豪奢《ごうしゃ》な見た目の宿がある。

高そうだなぁ……と思いつつ最上階の露天風呂付きの部屋に決めチェックインし、部屋に入ってみる。

「おお、いい部屋だ……」

どこの高級宿だよっ！　とツッコミたくなるレベル。露天風呂も部屋同様、高級感ある作りだ。

まず大浴場でひと風呂浴びてから、部屋で夕食を食べる。

うむ、満足だ……。

そして食後にビールを飲んでいると、ふとルームサービスのメニューが目に入る。特段目ぼしいものもなく、サラッと目を通していたのだが、最後のページに俺の目は釘付けになる。

「『デリ』だとっ……!?」

頼むしかあるまい！

俺はいそいそとフロントに通信魔道具で連絡し、ワクワクして部屋で待った。

数時間後、俺の体はだらっと床に転がっていた。

「……くっ、エルフさんもヤバかったが、今日のサキュバスさんはもっとヤバかった……」

俺は明日も泊まろう、と密かに決意した。


翌朝、朝食は食べずに昼までゴロゴロしてから受付へ。

もちろん宿泊の延長をするためである。

つつがなく手続きを済ませてから、昼食は外へ行き店を探す。

「魔王国名産の食材を出してくれるような店がいいな」

そう考えながら街を歩いていると、人が並んでいる店を発見。

行列の最後に並んでいる人に、なんの列か聞いてみる。

「ああ、この店は変わった料理を出すんだが、それが美味くてな。いつも並ぶんだよ」

「へえ。じゃ俺も並んでみるかな……」

「おお、初めてなら一回食っとけ」

俺はそのまま並んで、もう一度店までの距離を確認してみる。

「結構、待ちそうだな……」

まあ、急いでいるわけでもないし、いいか。

並び始めてから三十分程で、俺はやっと入店できた。通されたのはカウンター席だ。

この店が昼時に提供しているのは、日替わりランチのみとのこと。

それを注文すると、やや大きめのお盆が俺の前に置かれた。

これは……！

「豚カツ定食……だと……!?」

好物の豚カツにテンションが上がった俺は、すぐさまそれにかぶりつく。

少し硬めの衣がサクッと音を立てる。肉もジューシーだ。

ルセリア帝国にある商業都市ガラニカで食べた豚カツとはまた違った食感だが……いい感じに揚がってんなぁ。ソースもなかなか美味い。

だが……だからこそ……。

「惜しいな」

オリジナルのソースはガラニカのものよりは日本のトンカツソースに近い味だが、微妙ぉ〜に何かが足りないのだ。

何が足りないとは言わないが……。分からないとは言わない。

俺は元から購入していたとんかつソースの中濃をそっとかけて食べる……美味い。やっぱり中濃が好きだな。

さらにそっと和辛子《わがらし》を皿に盛り、チョンとつけて一口……美味い。

やっぱり辛子もないとな。

次はツーンとするくらい辛子を多めにつけて、ご飯とともに豚カツをかっ込む。

「美味い！」

……これだな。

こうして試行錯誤の末にベストな組み合わせを見つけた俺は、もの凄いスピードで定食を食べ終えた。

「ふぅ、ごちそうさまでした」

完食して会計を済ませて店を出ようとすると――肩を強く掴まれた。

後ろを見ると、がっしりとした大男がいい笑顔でこっちを見ていた。

俺は会釈をして、再度店を出……。

「……」

あれ、離してくれないな。

俺はそっと『転移』を使った。

さっき俺の肩を掴んだ人は店長さんかな？　大方、ソースと辛子のことを聞きたかったのだろうが……面倒だからいっか。

『転移』しちゃったけど、お会計は済ませたし食い逃げはしていないから、問題なし！

そう結論付け、俺は転移先から歩き出す。

道中に商業ギルドがあったので、素材や魔石を換金。

次に食料や日用品を購入するため、ギルドにて勧められたお店に足を運ぶ。

まず食材を買い込んでから、その他の商店を見て回った。

「目を惹くような店はないか……」

あまり目ぼしいものがなく、買い物を早めに切り上げた俺は、裏通りへ。夜のためのリサーチも済ませておこうという魂胆だ。

店はまだ閉まっているが、店舗前を掃除している魔族の男がいるな。ちょっと聞き込みをするか。

「やぁ、どこかここらへんでいい店ないかい。チップは弾むぜ」

「ウチの店も良いが、個人的にはあの店が良いかな……」

「ほう。どうもありがとう」

「ふっ、いいってことよ」

やはり最初にチップを渡せば楽だな。

宿に戻り少しゴロゴロした後、露天風呂でひと風呂浴び、夕食を済ませる。

その後部屋に戻り、『転移』して一服。

「……ふぅ」

キュッとタバコの火を消す。

「……行くか」と気合いを入れる。

俺は魔族の男に聞いたオススメのお店へ足を向けた。


いつも通り、返り討ちにあった俺はもう一泊延長してから街を出発。ありがとうございました。

ちょうど街から出ようとしたところでまた誰かに肩を掴まれた。

「見つけた」

あぁ～、この声はこの前の店長さんだな。

「この前の……」

俺は彼の言葉が終わる前に『転移』で逃げ出した。

すまんな店長さん。面倒クサイだけだから勘弁してくれ。

ちょっと離れたところに『転移』して、再び出発。俺は港町に向けて歩を進める。


しばらくして俺は野営地に到着した。

ちょうど誰もいないので、スペースを広く使って一人バーベキューできるな。

もちろん、念のため結界を展開してからではあるが。

まずはカシュッと缶のプルタブを起こしビールを喉に流し込む。

「……ぷはぁ、美味い……」

誰にも遠慮する必要がないのは楽でいいな。

まあ、結界を張ってさえいれば音も通さないから、普段も声を出しても問題はないのだが、そのへんは気分ってことで。

バーベキューを終えた後は、ビールを飲みながらタブレットでロボットアニメの劇場版を視聴してから就寝。

戦闘シーンで興奮しすぎて眠るまで時間がかかったのは秘密だ。


翌朝は少し遅い時間に起きて、朝食をとって片付けをした後に野営地を後にする。

次の野営地に着く頃には、既に日は落ちていた。

この野営地にも誰もいないのか。

そこにはちょうどいい大きさの湖があったので、その畔《ほとり》に移動して野営の準備をする。

すると、湖の中から魔物の反応があった。結構デカいぞ。

それにどうやら敵意があるみたいで……。

ザバァァァァッ!!

大きな水音とともに、それは湖の中央から姿を現した。

解析で調べてみると、名を『レイクラクスエンペラー』というらしい。レベルは83だ。

「……デカいな」

なんの生物か分からんがデカい。全長二十から二十五メートルくらいあるだろうか。地球の生物で表すなら恐竜、あるいは古代水生生物が近いのかな?

名前は直訳すると『湖の皇帝』――湖の主だということくらいしか分からないな。

ヒイィィイイィン………!

おおう、いきなり口に魔力を溜め始めたな……。

いや、ブレスかっ!

「スクエアビットっ!!」

俺はスクエアビット全十二基を展開。うち六基で結界を張る。

ズドォォオォンッッッ!!

結解とブレスがぶつかったことにより大きな爆発音がしたが、俺の背後の野営道具は無事だ。

俺はスクエアビットの残り六基をレイクラクスエンペラーの周囲に配置した。

「『ライフル』！」

ドンッドンッドンッ!!　という音とともに、六本の紅い閃光が撃ち放たれる。

「グギャアァアァアッッ!!」

……痛みは感じているみたいだが、あまり効いてないな。

レイクラクスエンペラーは目の色を変えて、俺を喰らわんと口を大きく開けながら飛び出してくる。

怖っ！　なんだ、あの凶悪な牙だらけの口は……。

「『転移』」

俺はレイクラクスエンペラーの背後に飛び、魔法を放つ準備をする。

レイクラクスエンペラーは口の中に何もないことに気付きキョロキョロするが、すぐに背後の俺に気付き体ごと振り返った。

しかし――遅い！

俺は周囲にスクエアビット全十二基を展開。

「グルアァアァアァ」

近付いてくるレイクラクスエンペラーに向かって魔法を放つ。

「『ランチャーフルバーストッ』!!」

俺の両手とスクエアビットから合計十四本の紅い閃光が斉射《せいしゃ》される。

ズドォォオォォンッッッ!!

着弾した瞬間、けたたましい爆発音と光がレイクラクスエンペラーを中心に広がる。

それから少しして爆発音が収まり、煙が晴れていくが……。

「グルアァァアァッッッ!!」

レイクラクスエンペラーは倒れているどころか、お怒りのようだ。

「うわぁ、面倒くせぇ」

さすがに今ので倒せないとは思わなかった。

「グルアァァアァ!!」

レイクラクスエンペラーは、鳴き声を上げながら、再び口を大きく開けて噛みつこうとする。

俺はそれを見て『転移』を発動。再度、背後に飛ぶ。

しかしその動きを読んでいたのか、レイクラクスエンペラーは尻尾を横薙《よこな》ぎに振ってきた。

ガンッッッ!!

硬い尻尾とスクエアビットの結界がぶつかり、大きな音が鳴った。

「グラッ!?」

殺《や》ったと思ったのか、驚いたような鳴き声を上げるレイクラクスエンペラー。

しかしさすがは湖の主。ヤツはすぐに振り返り、口の中に魔力を溜め始める。

ヒイィィイィン……！

「やらせねぇよ！」

俺は腰を落とし、愛刀・琥珀を構える。

そして、大きな息を深く吸いながら右手を柄に添え、溜め込んだ空気を吐き出すのと同時に左手で鯉口《こいぐち》を切る。

キンッと小気味の良い音が鳴ったのが聞こえた。

「『居合《いあい》：天龍閃《てんりゅうせん》』‼」

裂帛《れっぱく》とともに抜刀し、琥珀を振り抜く。するとレイクラクスエンペラーは動きを止め、口内に溜められた魔力が霧散する。

フォンッと静かな音と緑色に光る剣筋を残し、獲物を切断した琥珀を納刀する。

チンッという納刀の音とともに動きを止めたレイクラクスエンペラーの首が落ち、その巨体が倒れた。

琥珀、凄ぇな……。魔法弾くようなヤツでもあっさり切ったぞ。耐久性も問題なさそうだし、良い武器だ。

俺は琥珀の性能に満足しつつ、レイクラクスエンペラーを回収し、『アイテムボックスＥＸ』内で解体する。

「おお、魔石もデカいなぁ……」

それ以外にも、牙やら鱗《うろこ》やら骨やらを確認。

そういえば肉は食えるのか？　と考えつつ探すと……あったあった。

レイクラクスエンペラーの肉：水龍《すいりゅう》の亜種の肉。回復効果が高く、錬成することでさらに効果が高い薬品になる。超美味い。

『龍種』だったのか……。どうりで強ぇワケだ……。

しかし、肉が『超美味い』とか、食うしかねえじゃん！

他にも鑑定結果が出ていたが、俺はそんなのは無視して焼き肉を開始した。

その日の湖の畔での一人焼き肉は超盛り上がったそうな……。

レイクラクスエンペラーの肉を使った一人焼き肉パーティも終わり、俺はご満悦で軽く片付けをする。

「いやぁ、美味かった」

ちょっと食いすぎたかかな……。

とはいえ食ったのはたかだか数百グラム。残りはまだ十トンをはるかに超える量がある。

ふむ、今度ソウシ先輩やマサシと焼き肉パーティだな。

腹も膨れたところで、俺は就寝したのだった。


翌日——起床して三十分程ほげぇっとしながら一服。火を消した後、着替えて朝食の準備をする。

レイクラクスエンペラーの肉を焼いてパンに挟んだ簡単バーガーを作り、ぱくりと一口頬張る。

「美味っ！」

肉が美味いのはもちろん、タレと肉汁がパンに染み込んでサイコーだ。

さらに、半熟気味の目玉焼きも挟んで、月見焼き肉バーガーにしてみる。

「美味ぁっ！」

黄身が肉と絡んで少しマイルドな感じに。しかも……いや、食レポなんかしている場合じゃない！　とにかく美味い！　それでいい！

しかしレイクラクスエンペラーめ、いい仕事するな。

倒して正解だったぜ！

朝食に満足し、一服してから片付ける。

それから俺は湖を出発し、西に歩を進めた。

◇　◇　◇

もう一泊野営を挟んで夕方前に、俺は目的地――港町リマニに到着した。

港町だからか雰囲気がプエルトに似ているな。潮の香りが心地いい。

俺はまず宿屋を探すことに。

街の入口に案内図はあったがそれだけじゃ分からないので、先程通った門まで戻り、門番さんにオススメの宿を聞いて、その宿屋に泊まることにした。

野営続きで疲れていたので、今日はこのまま休むか。

夕食は宿でとる旨をフロントで伝える。支度ができるまで時間があるようだったので温泉を堪能するべく一度部屋へ行き、着替えてから大浴場へ。

この宿は、大浴場が評判らしいのだ。

「あぁ～、確かに良いわぁ」

広く、高級感溢れる清潔な広い浴場を目いっぱい堪能した。


そして、ちょうど良い時間になったので食堂へ。

……食事は普通だった。まぁ昨日レイクラクスエンペラーをたらふく食べたしな。

腹が膨れたので、部屋に戻りゴロリと横になる。

今は寝間着用にこちらに来てから買った薄手の服を着ているが、違和感がある。

アレだな。温泉の後だと浴衣《ゆかた》を着たくなってしまうな。

コレはアレだ。俺の中の日本人の魂的なアレだろう。

しかしこちらの世界に来てから浴衣や、それに似た服が売っているところを見たことがない。普及していないのかもしれないな。

「……ネットで買っちゃうか」

俺はタブレットを出し、ネットショッピングサイトを開いて浴衣を検索。

ふむ、安いもので三、四千円ってところか。タブレットで買うと十倍の価格だから三～四万円かかると考えると高いが……仕方ない、購入しよう。

『アイテムボックスＥＸ』内に浴衣が追加されたので、早速出して着替える。

オーソドックスな青色の浴衣だ。

「うん、やっぱり軽くて良いな」

しかし、これだけでは若干肌寒い。

いやまあ、結界を張れば快適空間になるのだが、ソコは気分的な問題だ。

追加で羽織を検索。

「茶羽織っていうのか。単品だと何気にお高いな。セットで買えば良かった」

しかし躊躇《ためら》うことなく購入する。

『アイテムボックスＥＸ』に追加された羽織を取り出し早速着る。

「……コレだな」

一人ご満悦である。

装備を整えた俺は、タオルを持ってもう一度大浴場へ。

ひと風呂浴びて再度浴衣に着替えていると、隣から話しかけられた。

「その服はどこで売っているんですか？」

「ああ、コレは……」

買ったと言えないな。

「……作ったんですよ」

「……ほお。軽そうだし、着替えも楽そうでいいですね」

「そうですね。寝間着にしようと思って作りました」

ぐいぐい来るこの感じ……商人か。

ちょっと目が輝いている。次の言葉が予想できるな。

「どうですか？　その服、売りに出しませんか？」

そうくるよなぁ。

「すみません、自分は冒険者なので……」

誤魔化しつつ、俺はさらに続けた。

「コレ、形さえ分かれば簡単に作れるので作ってみてはいかがですか？　軽くて薄い布でできますし、着方は腰の辺りを紐《ひも》で結ぶだけですから」

「良いんですか？」

「自分は商人じゃないので」

じゃあ、と俺は大浴場の脱衣所を出る。

多分そのうち市場に出るだろう……流行《はや》りそうだな、浴衣。そう思いながら部屋へ戻った。

やっぱり温泉に浴衣は正義だな……。俺は横になった。

◇　◇　◇

翌朝、朝食をいただいた後大浴場でひと風呂浴びて、さっぱりしてから港の市場へ向かう。

プエルトには売ってない魚介類があったので、購入した。

うむ、どうやって食おうかなぁ。まだプエルトで買ったのも、いっぱい残ってるんだよな。

俺はそんなことを考えつつ、ちょいちょい買い物をしながら歩いていると市場の端——船着き場に到着。

船着き場では漁を終えた漁師達が集まって何かしている。

少しだけ近付いて見てみると、仕事終わりに飲んでいるようだ。

楽しそうだからちょっと交じりたいと思ったが、まだ腹が減っていないのでスルー。

そのまま散歩を続けていると、砂浜があった。

砂浜では子供達が遊んでいる……サキュバスのお姉さんとかが水着でキャッキャしている、なんてことはなかった。残念。

砂山を作ってトンネルを掘ったり鬼ごっこをしたりと、それぞれ元気に遊んでいる子供達を親御さん達がパラソルの陰で見守っているのが見えた。

そこからさらに進むと、砂浜が終わり、岩場が現れる。岩場には釣りをしている人々がちらほらいた。釣りも楽しそうだな。今度やってみるか。

さらに歩くが、岩場が終わったところで後は岩壁が続き、歩ける道はなくなった。

時間を確認すると、十三時過ぎ。

腹が減ってきたのでランチに行くか、と市場の方に戻る。市場近くのお店で海鮮丼の大盛をペロりといただきお茶を飲む。美味かった。

途中でワサビ醤油を作ってかけたのは内緒だ。

会計を済ませて店を出ると、兵士達が鎧《よろい》をガチャガチャさせながら走り回っていた。近くにいた人に話を聞くと、海賊《かいぞく》が港の側まで来ているらしい。

俺は『マップEX』を起動する。

範囲を海に合わせると……確かに海賊がいるな。

っていうか『職業：海賊』って出るんだな。海賊や盗賊は職業なのに、何故俺は無職なのか。駄目だ、ちょっと泣きそう。

戦力は大きい船が一隻《せき》、小さいのが九艘《そう》。人数も百人以上……結構いる。

街の防衛は大丈夫なのかと思い、隣にいた人に聞いてみると「この街は漁師の連中が強いからな」とのこと。兵士より漁師の方が頼りにされてるって大丈夫なのか、それ。

確かにさっき見た漁師達は強そうだったけど、酒飲んでたぞ？

街の人達は避難どころか見物するために港に集まってきているようだ。移動式の屋台が俺を追い越して、港の方へ向かっていくのも見える。

これは街ぐるみでやってるショーかなんかかな？

せっかくなので俺も見物するために港に移動する。

漁師達は既に漁船を出して海賊と相対していた。

ちょうど大型船の先に立っている海賊の男が、大声で要求を口にしている。

多分、船長だろうその男は髭面《ひげづら》、眼帯に右手は鉤爪《かぎづめ》のついた義手となっており、左手にはカットラスを携えている。どこのフ○ク船長だ……。

「金と食料を寄越《よこ》せっ！　そうすれば攻撃はしないでやるっ！」

交渉の余地のありそうな要求ではあるが、対して漁師側は敵愾心《てきがいしん》むき出しの口調で叫ぶ。

「アホなこと言ってないでさっさと掛かってこいっ！　ぶっ潰してやらぁっ！」

……柄悪いなぁ。

しかし街の住人は歓声を上げて盛り上がっている。

ちなみに俺は、さっき屋台で買った焼き魚をチョビチョビ噛《かじ》りながらビールで一杯やっているわけだが。

「漁師風情が海賊をナメるなよっ！　テメエら、殺《や》っちまえっ！」

「海賊ごときが調子にノるんじゃねえぞぉっ！　行くぞテメエらっ！」

「「ウオオオォォオォッ!!」」

そして双方の船が一斉に動き始める。

蓋を開けると、漁師側の圧勝だった。

魔法が発達している世界なのに何故か魔法は使われず、肉体と無骨な武器のみを用いた勝負は、見物《みもの》だった。

特にフ○ク船長（仮）と漁師のリーダーの戦闘は盛り上がっていた。

漁師のリーダーは大型船に乗り込み、子分どもを蹴散らし一対一に持ち込んだ。武器は鉄製の錨《いかり》だ。

船長のカットラスと鉤爪の連続攻撃に対して厳しいか？　と思ったが、冷静に全ての攻撃を受けきり、船長が立て直そうと距離を取った瞬間、錨を振り回して投げた。

船長はカットラスと鉤爪を十字にして受けるも、錨はガードごと船長を吹き飛ばす。

ガードが崩れたところで、すかさずリーダーは一気に距離を詰め体当たりをすると、マウントポジションを取って右拳を撃ち下ろし、決着という流れだ。

ちなみに大型船の上の様子が分かったのは、俺がスキルで見ていたからではない。魔法によって生成されたスクリーンが空中に浮かび、戦闘の様子を中継しているからである。

あまりの準備の良さに本気で自作自演のイベントかと思ったが、海賊達はしっかり兵士に捕まり詰所送りにされていた。

それからややあって、現在港では撃退祝いと称した大規模な宴会が行われている。もちろん俺も参加中。

しかし気が付いたら何故か焼き奉行《ぶぎょう》に。……なんでや。

野次馬から焼き奉行にジョブチェンジした俺はひたすら焼き続ける。

「串焼きできたぞぉ」

「空いた皿と串、集めたぞ」

テキパキ動いてくれる漁師に、俺は指示を出す。

「手ぇ空いてるヤツ、コレ洗っておいてくれ」

「了解」

「肉も焼けたぞ、持ってけ」

「お～う、飲んでるかあ？」

絡んでくるヤツに絡んでいる暇はない！　俺はしっしと手を払う。

「うるせぇっ、皿でも洗っとけっ！」

「お、おぅ」

「コレ、串に刺しておいてくれ」

「任せろ」

そんな感じでしばらく焼き続けていたのだが、俺が落ち着いてきたのを見計らってか、先程フ○ク船長を倒した漁師のリーダーが近付いてきた。浅黒い肌に筋肉質な体を持つ渋いオッサンだ。

「すまんな、焼きを任せて……って初めて見る顔だな。新しい住人か？」

「いや、旅の途中だ。野次馬してたら巻き込まれた」

「そうか、そいつはすまないことをした」

「いや、楽しかったから別に構わない」

「そうか。なら良かった」

そう言うと漁師のリーダーは口を噤《つぐ》んだ。

どうしたのだろうと思ったが、彼の視線が網の上に釘付けになっていることに気付く。

俺が黙っていると、漁師のリーダーは恥ずかしそうに口を開く。

「コレ……もらって良いか？」

「ああ」

俺が頷くと、彼は焼き魚を口に運んだ。

「美味いな」

「ああ、この港で獲《と》れたヤツだからだろうな」

「いや、味付けだよ」

「そうか？　味付けは普通だろ？」

すぐに漁師のリーダーは離れていった。ゴツイ見た目の割に可愛いヤツだったな。

その後、俺が焼き奉行から解放されたのは、お祭りのようになっていた宴会が終わろうかという頃だった。

宿に戻り、受付で夕食はいらないと告げて、俺は潮でベトッとした体を洗いに大浴場へ。

風呂に入ってから浴衣に着替え部屋へ戻りゴロリ。そのまま意識を手放した。


翌朝、寝たのが早かったこともあり、いつもより早く目が覚めた。

朝食には少し早いので朝風呂へ向かうことにする。

「……あ゛あ゛あ゛ぁ」

夜に入る風呂もいいが、朝風呂も気持ちいい。

さっぱりしたところで朝食をいただき、部屋に戻る。

そこから『転移』して缶コーヒーを手にタバコで一服するいつものルーティンへ。

くゆる煙を見ながら、今日はどうするかなぁとボンヤリ考える。

資金は大丈夫そうだけど体を動かしたいし、街の外で素材集めと狩りでもするか……あと次の温泉の情報収集だな。それと夜の情報も……。

ざっくりと行動方針を決めて『転移』で部屋に戻り、冒険者装備に着替えて外へ出た。

街の入口の兵士に近辺の魔物の情報や採取できる素材の情報をもらってから、俺は森の中へ足を踏み入れる。

そして、『マップＥＸ』で確認しつつ狩りと採取をサクサク行う。

やろうと思えばスクエアビットで採取もできてしまうのだが、それだと簡単すぎてつまらない。

とはいっても『琥珀』だと切れすぎるので魔法は使うんだけどな。

『マップＥＸ』を使用していたお陰でかなり効率良く狩りと採取ができ、目標の量を取り終えてもまだお昼過ぎだった。

今日はもういいか、と街に戻り昼食をとった。

その後、なじみのベルウッド商会はなかったので別の商業ギルドに行き素材等を売却しつつ受付の人に、温泉の情報を聞いてみる。

「そうですね……有名どころなら北東の山脈に、かつての勇者が建てたと言われている温泉宿がありますね」

「……へぇ」

「私は行ったことはありませんが、なんでも露天風呂が最高らしいです」

「ほぅ、ありがとうございます。ちょっと検討してみますね」

『勇者』が建てた……ねぇ。

畳《たたみ》とかあるといいなぁ。

検討するとか言いながらも、俺は心の中では次なる目的地を決めていた。

その夜、オススメのお店に突入した俺は、翌日を賢者モードで過ごすこととなった。

人化スキルを持つ人魚族さん……凄い……。


そのさらに翌日——。

朝食をいただき、大浴場でひと風呂浴びてからチェックアウトした俺は、北東の山脈を目指し歩き出す。

俺が街を出る時、同じタイミングで馬車が何台も街を出ていったのだが、どうやらこの間攻めてきた海賊を首都に送るためのものらしい。じゃあなフ○ク船長（仮）。

そんなどうでもいい別れはさておき、北東の山脈はこの港町リマニからは結構な距離があり、途中にはいくつか村や街があるとのこと。

さて、ゆっくり行きますか……。

港町リマニで聞いたオススメの温泉を目指し、俺は北へ向けて進む。

正確には港町リマニは魔王国最西端にあるので、温泉のある山脈の位置は東北東になるのだが、今は海沿いの北北東に伸びる街道を歩いている。

港町から山脈へ直通の道がないのが不便だな。


狩りと採取をしながら進んでいると、夕方頃に野営地に到着した。

先客は四人組の冒険者パーティ一組だけのようだ。

小さい野営地なので、軽く会釈をして隣に陣取り設営を始める。

準備を終えて飯にするか、とバーベキューコンロに火を入れようとした時にチラッと隣を見ると、彼らの夕食は硬そうなパンと干し肉、薄味そうなスープのようだ。

……はあ、しゃあない。

俺は口を開く。

「あの……」

パーティのリーダーらしき男が怪訝な顔で尋ねてくる。

「ん、なんだ？」

「これから火を入れるので良かったら一緒にどうですか？」

「いいのか？」

「はい、一人で食事っていうのも味気ないので」

「ではお言葉に甘えよう。お前らもいいか？」

「「「オーケー!!」」」

そんな流れで始まったバーベキュー大会。

俺はバーベキューコンロで肉と魚介類を焼き、コンロの周りに陣取った冒険者達に渡す。

「「「美味いっ！」」」

「貝のバター焼きもできたぞ、お上がりよ」

「「「美味ぁ～！」」」

「肉も焼けたぞ、食えぇっ！」

「「「おおぉっ～！」」」

それから俺はビールをジョッキに注いで彼らに渡す。

「飲め飲め～！」

「「「……ぷはぁっ！」」」

こんな調子で、俺は美味いもんを振る舞い続けた。

一通り飲み食いした冒険者達は、満足したようで幸せそうな顔をしている。

「いやぁ、美味かった」

「野営中に温かいものが食えるとは……」

「なんか全部美味かったわぁ」

「ごちそうさま、そしてありがとう」

四人それぞれに感謝の言葉をもらい、お礼代わりに俺は夜間の見張りを免除してもらった。

さすがに「結界があるから大丈夫」とは言えないな。しかし、念のため結界を広めに展開しておこう。これで危険はないはずだ。

俺は『洗浄』で体を綺麗にしてから、着替えて就寝した。


翌朝、冒険者達と別れて野営地を出発した俺は、海沿いの潮風が吹く街道をのんびり歩いていた。

海が陽の光を反射させキラキラして眩《まぶ》しい。するとその時、海面の水が鋭く襲いかかってきた。

「うおっ!?」

咄嗟《とっさ》に体を後ろに倒してかわす。

あまりに急だったので、そのまま後ろに倒れちゃったのには触れないでいただきたい。

ひとまず『マップＥＸ』を起動し、状況を確認しよう。

海の中に大量の厳《いか》つい顔をした半魚人――『マーマン』がいることが分かった。

「……油断してたなぁ」

呟きつつ、背中と尻の辺りをパンパンと叩きながら立ち上がる。

マーマンに攻撃を仕掛けられたということは、さっきのは水属性魔法の『水弾《ウォーターショット》』だろう。

そんなことを考えていると、大量のマーマンが再度一斉に『水弾《ウォーターショット》』を放ってきた。

「スクエアビット」

俺は『アイテムボックスEX』からスクエアビットを呼び出して結界を展開しつつ、マーマンの大群を囲ませる。

しかし大量だな……スタンピードでも起きたのか？

「『ライフル』！」

かけ声とともに、配置したスクエアビットが『ライフル』を斉射し、マーマンを殲滅する。

順調に数を減らし、最後の一匹を撃ち抜き回収。スクエアビットを引っ込めようとした瞬間――

これまでとは一線を画す大きさの『水弾《ウォーターショット》』が飛んできた。

まあ、待ってたんだけどな。

それを冷静にスクエアビットの結界で防ぎ、魔法が飛んできた方向を見る。

そこには色違いの一回り大きいマーマンがいた。

「ふむ……『マーマンキング』か……」

レベルも45となかなか高い。

ふむ、コイツが仲間も引き連れて街を攻めようとしたところ、俺を見つけたからついでにヤっちゃおう的な感じだったのかな？

スクエアビットは引き上げるような挙動をしただけで、まだお前の側にあるんだよ。

「行け、スクエアビット！」

俺は、スクエアビットによるマーマンキングへのオールレンジ攻撃を開始した。

海上からの全方位攻撃に、マーマンキングはなすすべもなく撃ち抜かれ沈む……前に、俺は抜かりなく素材を回収した。

『アイテムボックスＥＸ』を確認すると、大量の魔石と素材が入っている。

その魔石の中に一つだけ『魔石（水）』というのがあった。

『鑑定ＥＸ』で確認する。


魔石（水）：水属性を持つ魔石。武器や防具、道具の作製時に他の素材と合成することで水属性を付与することができる。触るとひんやりしている。

最後のは『鑑定』じゃなくて感想だろっ！　というツッコミはともかく、まあ、何かに使えそうだ。とりあえず取っておこう。

しかし、キングがいたとはいえ、なんでマーマンが大量発生したのだろう？

疑問に思いつつも俺は移動を再開した。

マーマンの大軍を蹴散らした後、海沿いの街道にあった村を経由し内陸部へ方向を変える。

経由したその村からは東、魔王国の首都から見たら北西の辺りに目的地である山脈は位置しているのだ。

あまり人が通らないのか、山脈への道は細い上に整備されていない。

草は伸び放題だわ枝は飛び出ているわで非常に歩きにくい。

「……ふむ」

俺はスクエアビットによって風属性魔法『風刃《ウィンドブレード》』を付与した結界を目の前に張る。さらに俺が歩いた分、同じだけ動くように設定した。

これで俺の正面にある道は勝手に整備されていくわけだ。スクエアビット、改めて万能すぎる！

そんな工夫をしつつ、移動再開。

『風刃《ウィンドブレード》』起動中なので『マップＥＸ』で人がいるか特に注意しなきゃな。

……まあ、全然いないんだけど。

ただ、人はいないが魔物はいる。

俺の正面から突っ込んでくる魔物は結界にぶつかり、そのまま『風刃』の餌食《えじき》になっていく。

いや、結構グロいんだが……。

だがそのうち、横からも後ろからも魔物が襲ってくるようになり、相手をするのが面倒になってきたので、俺はスクエアビットを追加で展開し『ライフル』で撃ち抜いていくことに。

「うむ、楽だ」

魔力こそ使ってるが、姫プに磨きがかかってる感が凄いな。


そうこうしていると、野営地に到着した。

本日の旅はここまでとし、野営の準備を始めることにする。

この野営地から山脈の麓《ふもと》の街まではちょうど一日程度の距離があるみたいだ。そのため麓の街に向かう商人や、その護衛の冒険者達がまあまあの人数いる。

なので今回は目立たないように一人バーベキューだ。

バーベキューコンロに火を入れて、食材の準備も万全。

さて、焼くか……というところでポツポツと雨が降ってきた。

そういえば雨は久しぶりだな……と思いながら暗くなってきた空を見上げていると、だんだん雨が強くなってきた。

「……結界張るか……」

結界を展開すれば雨の影響はまったくない。

「さて、今度こそ焼くか」

俺はバーベキューを再開した。


翌日も雨が降り続いていたため、周りの人達も移動せずにいるようだ。

朝飯は飯盒《はんごう》で米を炊きつつ、タブレットで納豆と卵を購入。

そう、たまに無性に食べたくなる卵納豆ご飯を作るのだ。

さささっとかき混ぜ、ズルズルッと口の中にかっ込み一瞬でごちそうさま。味噌汁もお湯を入れるだけで作れるインスタントのものにしたので、本当に手間いらずな朝食だった。

食事の片付けをしながら辺りを見ると、他のヤツらは大きなブルーシート的なものを屋根代わりに張ってから朝食の準備をしているみたいだ。

大変だな……と思いつつ改めて結界の有用さに感謝。

結界があるとはいえ雨の中外へ出るのは面倒だし、さてどうするかな……とテントに入りゴロリと寝転がった。

タブレットを弄《いじ》っていたら寝落ちしてしまっていたらしい。意識が戻った時は十四時を過ぎていた。

「……寝すぎた」

俺は目を擦《こす》りながらノソリとテントから出る。

雨はまだ降っているが、傘が必要かどうかは微妙なところ……。

「……あっ」

そういえば、この世界では傘や雨合羽《あまがっぱ》といった雨具を見たことがない。

もしかしたらビニール傘ですらバカ売れするんじゃね？　と思ったが、タブレットで買うとしたらビニール傘でも四、五千円する。

「……高《たけ》ぇ」

まぁしょうがないか、とひとまず自分で使う用のビニール傘を購入。

さっきは眠かったのもあり、外へ出たい気分ではなかったが、久しぶりの雨なのでなんとなくこの中を傘を差して歩きたくなったのだ。

傘を開いて意味もなく広い野営地内を歩く。

こうなると長靴も欲しくなってくるな……。

そんなことを考えながら歩いていたのだが、ブルーシートの屋根の下で作業をしている冒険者や商人達の目がこちらを――具体的には俺の頭上を見ているのに気付く。

やっぱり目立ちますよね……。

ジャリッと音が聞こえる。商人達が雨も気にせずバシャバシャと駆け寄ってきた。

そして彼らは一斉に大声で言う。

「「ソレを私に売ってくれっ！」」


結局、全員に売ってあげることになった。

……だって金貨十枚出すって言うから。

ただ、さすがにビニール傘だけじゃ悪いなと思って長靴もつけてあげた。定価八百円くらいの安物だけど。さらに、レイクラクスエンペラーの肉を三百グラムずつおまけとして追加する。

そんな感じで、いろいろと売った後に今までこういった雨具はなかったのか商人達に聞いてみた。

商人達いわく、「悪天候の時まで外でやらなきゃいけない仕事はほとんどないから」とのこと。

どうしても必要な時は外套《がいとう》を羽織るくらいはしていたみたいだがな。

ただ、「雨の時でも動ければなぁ」と思っていた商人は多いらしく、傘と長靴はいたく喜ばれた。

きっとそういう生活習慣だから、今までの転移者達も雨具を作らなかったんだろうな。

あ、そういえばサービスとしてあげたレイクラクスエンペラーの肉が美味すぎて、その日の夜は各所で悲鳴が上がったとか……。

翌日、俺はレイクラクスエンペラーの肉について商人に問い詰められる前に野営地を離脱。山脈麓の街パドーシヴァへ足を向けた。

結局パドーシヴァに到着したのは夕方だったので、散策は翌日に回すことに。運良く温泉を引いている宿にチェックインできた。……ちょっとお高いが。

ただ、高いだけあって夕食もベッドの寝心地もいつもよりいいな。ゆっくり休ませてもらうぜ。

翌日は朝食を食べて、すぐに散策へ。

山に近い田舎の街だからそんなに栄えていないだろうという予想とは裏腹に、パドーシヴァは結構賑わっていた。

俺は食料やポーションなどを減った分だけ補充しつつ、いろんな店を見て回った。

その後、酒場兼食堂の店でランチにすることに。

山菜をふんだんに使ったランチセットはなかなか美味しかった。

これを買わない手はないなと思い、食料品店にもう一度行き、各種山菜を購入した。今度タブレットで山菜料理のレシピを検索しよう。

追加の買い物も済ませて、街の中もある程度見て回れたかな？　というところで一休みする。

なんかこう……意識高い系の奴らが英字の新聞を読んでいそうなカフェがあったので、そこでコーヒーを飲むことに。日本で見るような内装なのに、周りはファンタジックな服装だから、違和感が凄いぜ……。

それにしても、何故こんなシャレオツなカフェが異世界の山中にあるのだろうか？

店員さんに聞いてみた感じ、どうやら転移者が建てたっぽいぞ、これ。

その人は意識高い系の人だったんだろうな。


それから俺は宿に帰り、少しだけ早い夕食を済ませた後、酒場を何店舗かハシゴする。

目的はもちろんリサーチだ。ナニのとは言わないが……。

充分にリサーチをしたので体力温存のため、早めに温泉に浸かり即就寝した。


パドーシヴァ三日目。

引き続き体力温存のため、俺は朝食後もベッドでゴロゴロとしていた。

引きこもりの血が騒ぐぜ……とアホなことを思いつつステータスの確認をする。

現在のステータス
名前：村瀬刀一（18）
種族：人間
職業：無職
称号：召喚されし者　Dランク冒険者　賢者　初級ダンジョン踏破者　中級ダンジョン踏破者
上級ダンジョン踏破者　喫煙者　龍殺し
レベル：70
HP：14000　MP：14000
力：7000　敏捷：8400
魔力：11200　精神：14000
器用：9800　運：80
【スキル】
鑑定EX　アイテムボックスEX＋　言語理解　健康EX
マップEX　ステータス隠蔽・偽装　並列思考レベル10
気配遮断レベル10　速読レベル10　空間認識能力レベル1

手加減
【戦闘系スキル】
剣術ＥＸ　短剣術レベル10　体術レベル10
格闘術レベル１　縮地レベル10　狙撃レベル10
魔闘技レベル10
【魔法系スキル】
空間魔法ＥＸ　魔力感知レベル10　魔力操作レベル10
生活魔法　身体強化レベル10　付与魔法レベル10
音魔法レベル９
【生産系スキル】
採取レベル６　料理レベル５　錬金術レベル10
【ＥＸスキル】
大魔導
【固有スキル】
女神の恩寵　タブレットＰＣ

称号に『龍殺し』が追加されている……。レイクラクスエンペラーが龍種だったから、そのせいか。龍種との戦闘時に攻撃・防御にプラス補正が入るらしい。有能。

『空間認識能力』は、奥行とか空中のモノとの距離感を把握する能力が高まるみたいだ。

『手加減』は致命傷になる一撃でも相手を殺さない有能なアクティブスキル。常に発動してしまうパッシブスキルだったら、絶対殺さないマンが爆誕してしまうところだった。

『格闘術』は打撃系である『体術』とは別のプロレス技や、柔道などの絞め・極《き》め技が強化される感じ。……うめぼしとかデコピンなどの痛い系の技に補正はなさそうだな……チッ。


こうして新しく身につけたスキルの確認を終えてから俺は、昼食までタブレットでロボットのプラモデルが出てくるアニメを視聴することにした。

見ているうちになんかガ○プラを作りたくなってきた……。

三話目が終わったところで、ネットショッピングにていいガ○プラがないか検索。

それからしばらく、俺は何を買うか悩み続けたのだった……。

山脈麓の街パドーシヴァ五日目、俺は朝食をいただいてから勇者の宿へ向けて出発。

パドーシヴァからその宿までは、徒歩で半日程度歩けば着くとの情報を街でゲットしている。

ちなみに名前は『温泉旅館あれふかると』。

それを聞いた俺が過去の勇者に「やりやがったな、この野郎……！」と殺意を抱いたのは、しょうがないと思うんだ。だって某国民的ＲＰＧに出てくる地名とニアピンなんだもん！　まあ、手前の街パドーシヴァが『らたとーむ』とかじゃないだけよしとしておこう。

ともあれその日の昼過ぎに、俺は『温泉旅館あれふかると』に到着した。

「……………おぉ」

名前はともかく、外観は立派な和風の旅館だ。

俺は入口の暖簾《のれん》を潜《くぐ》り、受付へ向かう。

内装もしっかり和風に纏められている。

受付には着物風の服を着た女将《おかみ》さんがいた。

「いらっしゃいませ。お泊まりでしょうか？　入浴のみでしょうか？」

「泊まりで」

「一泊二食付きで金貨二枚になりますが、よろしいでしょうか？」

「お願いします」

その後、食事の時間や温泉についての説明を受ける。

温泉は二十四時間入浴オーケーで、大浴場と露天風呂は時間帯によって男湯と女湯が入れ替わるというシステムらしい。

そして仲居さんに案内され部屋に通される。戸襖《とぶすま》を開け部屋に入ると、そこには純和室が。畳の匂いが堪らない……！

しかも部屋の中央にはちゃぶ台があり、その上にはお茶のセットとお茶請けの煎餅《せんべい》が！

早速、急須に茶葉とお湯を入れ、湯呑み茶碗に注いで煎餅に齧《かじ》りつく。

「……美味い」

お茶は国外から輸入しているらしい。なかなか美味い。

しかもお湯を入れる際に使ったポットは魔道具で、保温だけでなく水の魔石を使うことで自動給水もできるとか。

異世界の魔法瓶《まほうびん》、マジ魔法瓶。

お茶と煎餅で一息つき、畳にごろん。

俺は視線を床の間に移すと、そこに電話を発見した。

コレは有線式の通信魔道具で受付に繋がっており、ルームサービス等の注文が可能なんだそう。

無線式の通信魔道具は高価だが、有線式はそれに比べたら廉価で、そこそこ普及しているみたいだ。

畳の上をゴロゴロしながらルームサービスのメニューに目を通す。

すると、最後のページに……。

「……」

コンパニオンを紹介するページがありましたとさ。

……過去の勇者は俺みたいなヤツだったのかもしれない。

◇　◇　◇

俺――ソウシ・ベルウッドは魔王城に来ていた。

現魔王であるルシファスは魔王だと言うのに、丁寧な口調で魔王自ら俺を出迎えてくれた。

「ソウシさん、いらっしゃい」

「おう、久しぶりだなルシファス」

久しぶりに会ったルシファスは相変わらず元気そうだ。それはいいんだが――。

「それより毎回毎回、いつものアレはなんとかならんのか？」

「……あぁ、やめとくように忠告はしているんですけどね……」

俺が来る度、正門で武闘派騎士達が勝負を挑んできやがるのだ。もちろん全員フルボッコにするのだが。

のびてしまった挑戦者達は門の端に山にして置いておいた。そのままだと通行の邪魔になるからな。

「皆、従姉さんのことが好きですからね。従姉さんと結婚したソウシさんとは闘わずにはいられないんでしょう」

「……まあ、いいけど、今更だし……。つーか、魔王国の大臣も交じってたぞ」

「……えっ!?」

魔王国……大丈夫か？

◇　◇　◇

とりあえずルームサービスは後回しにして、温泉に入ることにしよう。

俺――トーイチは備え付けの作務衣《さむえ》のような服に着替えて温泉に移動する。

やはりこちらの世界では浴衣のような薄手の服はないのか……。技術的に作れないのか？

布が厚くて少しコワゴワする……が仕方ない。

温泉から上がったら自前の浴衣に着替えよう。

本館から一度出て屋根付きの渡り廊下を経由して、別館へ。

この別館に露天も大浴場もある。

「……デカいな、別館」

別館はまんまスーパー銭湯的なつくりになっていて、大きい休憩室や食事処、売店も併設されていた。

まあソウシ先輩もホームセンター作っちゃってるし、スーパー銭湯くらいあってもおかしくはないか……と納得してしまう。

看板を見ると、今の時間は大浴場が男湯になっていた。

露天風呂は夕食後には使えそうだな。後の楽しみにしておこう。


ひと風呂浴びて脱衣所でコーヒー牛乳を一気飲み。

「……ぷはぁ、美味い」

前は、わざわざ部屋に戻って飲んだからな。やはり風呂から上がりたてで、タオル一枚を巻いただけで飲むコーヒー牛乳が一番美味しいな。

しかしコーヒー牛乳を売っているとは思わなかった。透明ではないけれど、しっかり瓶に入ってもいるし。

多分、勇者が瓶にこだわったが、完全に透明なものを作るのは技術的に無理だったんだろうな……。

しかし『錬金術レベル10』を習得している俺ならできそうだ……いや、試さないけどね？

そして脱衣所を出ると――魔導マッサージチェアがあるではないか！

しかもＭＰ１で十分間稼働し、魔力を肘掛け横の魔石に注ぐと動き出すお財布に優しい仕様だし。使わない理由がないな。

「……ァ゛ァ゛ァ゛ァ゛ァ…」

心地いい圧力を全身に感じながら、これも勇者こだわりの一品ではないだろうかなんて考える。んー堪らん！

十分が経ち、魔導マッサージチェアが止まったのを見て、俺は肩をコキコキと鳴らしながら休憩室へ移動する。

休憩室は大きい和室で、背の低い四角いテーブルがいくつか配置されていた。入口付近には、自由に取れるように座布団が山積みにされている。他にもポット、水、扇風機が置かれていて、ザ・休憩室な感じ。何組か先客もいたが、人は少ない。

俺は扇風機の前に陣取り、座布団を三つ並べて布団のように敷く。さらにもう一つ余分に取ってきていた座布団を二つに折り、枕代わりにする。そしてそこにゴロンと寝ころんだ。

人が少ない時だからこそできる贅沢って感じだ……。

芯までポカポカと温まった体に扇風機の柔らかい風が心地いい。

休日感――いや、休暇感が凄い。

「……」

休暇感が凄いってことは、どこかで仕事してる感があるってことか？

いかんな、もっとぐうたらしなくてはっ！


そんなどうしようもないことを考えていたら、軽く寝てしまったが、起きたら夕食にするのにちょうど良い時間だった。

別館から本館に移動し、受付で夕食についての手続きをとる。

部屋か食堂、どちらで食事をとってもいいとのことだったので、今日は部屋で食べることにした。

部屋に戻って少しすると仲居さん達がやって来て、てきぱきと食事の準備をしてくれる。

食事後は有線式通信機で呼べば片付けに来てくれるとのこと。そして……。

並べられた料理を見て、俺は感嘆する。

「……これは思いつかなかったなぁ」

用意されたのはすき焼きだった。

白菜、豆腐、シラタキ、長ネギ……そして肉がくつくつと音を立てながら煮えていて、美味そうだ。

さらに小盛りだが刺身の盛り合わせと白米、味噌汁がついてきた。ザ・和食かつザ・旅館といっ

た感じか。

すき焼きの固形燃料が燃え尽きそうなところで、おひつから白米を茶碗へよそう。そして味噌汁の蓋を開けたタイミングでちょうど固形燃料が燃え尽きた。

俺は早速柔らかそうな肉に箸を伸ばした。


いやぁ……美味かった。

刺身こそ海沿いの街と比べると味が落ちるけど、全体的に文句なしだった。

特にすき焼きは、元の世界で食べたのより美味しかった気がするぞ……。

少し食休みを挟んでから、有線式通信機で仲居さんを呼んで片付けをしてもらう。すると片付けついでに布団を押入れから出し、敷いていってくれた。

ん～～、こういう細やかな気遣い……日本の旅館やなぁ。ちょっとホームシックになりそう。

その後、俺はタバコを吸いに行ってから露天風呂へ向かう。

一応、受付で男湯になっているかはちゃんと確認した。

ラッキースケベなど、俺には必要ないからな。

「……おぉ」

見事な純和風の露天風呂。思わず声を漏らしてしまった……。

体は夕食前に温泉に入った時に洗ったので、かけ湯だけして早速湯船へ。

この見事な岩風呂……異世界とは思えないな。

「あ゛あ゛あぁ……」

今日何回この声出したんだろ……。


露天風呂を堪能した後はさくっと部屋に戻り、カシュッとビールのプルタブを起こす。

「……ぷはぁっ……美味っ！」

火照った体にキンキンに冷えたビールは最高に効くなっ！

俺は水属性魔法の新魔法『冷却』を新たに生み出し、敷いてあるお布団をちょっとヒンヤリする程度に冷やす。

ゴロンと寝っ転がると、ヒンヤリしたお布団が気持ち良い……。

少しゴロゴロしてから、うつ伏せになって枕に顔を埋《うず》める。

「……むふぅ」

ん～……顔面がヒンヤリして気持ち良い……。

「……よしっ」

お布団に元気をもらい、俺はガバッと顔を上げ気合いを入れる。

さて、準備は整った。

俺は有線式通信機に手をかけた……。

◇◇◇

翌日、有線式通信機のコールで起床し、フラフラした足取りで食堂へ。

この宿、モーニングコールまで完備とかサービス行き届きすぎだろ。

バイキング形式だったのでトレーを手に各料理を取り、空いている席を探して座る。

そして朝食を食べ終わったら、部屋に戻りゴロン。

今日も賢者モードは絶好調です。


勇者温泉『あれふかると』に到着して三日目に差しかかった。

今日も今日とて俺は有線式通信機のコールで目を覚ます。

「ふわぁぁぁぁあ」

昨日は昼飯食ってゴロン。温泉入ってゴロン。夜飯食ってゴロン。ってな具合に賢者モードのせいで何もできなかったからな……。

今日はどうしようかな……。

別に何もしなくてもいいんだよな。転移者についての調べ物も、こんな気の抜けた状態ではしたいと思わないしな。まぁ、旅館でダラダラするのも贅沢のうちだ。このままゴロゴロしていてもいいんじゃないか？　いや、むしろゴロゴロしないと失礼にあたるとすら言える！

俺はそんなどうしようもないことを考えつつ、浴衣の乱れを直し食堂へ。

とりあえず朝飯食ってゴロンとしながら考えようか……。

そもそも、有名な温泉旅館があるってだけで、日本のように温泉地として栄えているわけではないんだよなぁ。ただ、一見して分からなかっただけで、何か他に名所的な場所があるかもしれない。

俺は受付に行き、聞いてみた。

すると、受付のお姉さんは地図を取り出しつつ告げる。

「ありますよ、ダンジョンが。ほら、ここに」

「へぇ……ダンジョンがあるんだぁ……ん？　ダンジョン？」

「はい、ダンジョンです」

「……マジ？」

こんな温泉地に？

「フフッ……マジです」

……行くしかないか。


ダンジョン名は『試練の洞窟』。

全十五層と階層こそ少ないが、超高難度を誇る特級ダンジョン……との噂。

お姉さんが断定しなかったのは、踏破者がいないために最奥のダンジョンボスの強さが分からないから、だそうだ。

ちなみに最高到達層は第九層。

そこまでたどり着いた冒険者は、十層のボス手前で諦めて戻ったとのことで、第十層のボス及び以降の魔物は名前も知られていない。

また、第五層のボスの名前は、どらきん。魔法使いの格好をした偉そうなオッサンだったらしいが、倒したと思ったら龍に変身して強くなったらしい。

コレはアレだな、勇者の野郎がまたヤりやがったな……。だって竜○のことだろ？　どらきんはドラゴンキングの略を平仮名にしたものだろうし。

そうなると、第十層、第十五層のボスもなんとなぁく予想ができる……なんとなぁくではあるが。

まあ、それは実際会ってみてのお楽しみとして。

……とりあえず温泉行くか。

◇　◇　◇

私――ルシファスは、ソウシさんのために旅館の手配をしたり、まだ少し残るクーデターの後処理をしていた。そんなところに、従姉さんが買い物から帰ってきた。しかし、間の悪いことにソウシさんは席を外してしまっている。

「旦那が到着したって聞いたのだけれど、どこにいるのかしら？」

「ああ、騎士団に稽古《けいこ》をつけてくれと頼まれて、訓練所に連れていかれたよ」

「ふ～ん……止めなかったの？」

「止めたけど、ソウシさんが『おう、やるかっ！』って……」

何故私が従姉さんに睨《にら》まれなくてはいけないのだろうか……怖いんですけど……。

しかし、少しの間の後に、従姉さんは妙案を思いついたとばかりに口を開く。

「そうだ、ならワタシも訓練に参加しようかしら！」

「それはやめた方が――」

「何？　文句ある？」

じろりと睨んでくる従姉さん。目つきが鋭すぎる。

「いえ、なんでもないです」

クッ……騎士団、無事であれよ……。

猛烈《もうれつ》にしごかれるであろう彼らの未来に思いを馳せていると、その様子を部屋の端で見ていた貴族の一人が、苦々しげに告げる。

「ヴィーネ殿。いくら従姉とはいえ、その態度は魔王様に対して些《いささ》か無礼ではないかね？」

魔王国には人間に嫁いだ従姉さんを快く思っていない者もいる。というか、最近の貴族は私にも少し反抗的なんだよな。

「……はぁ、文句があるならかかってきなさい。潰してあげるから」

「――っな!?　貴様、無礼な！」

ケンカを始めようとするので、私は割って入る。

「やめろ、伯爵」

「しかし陛下――」

「やめろと言った」

「……はい」

それから私は従姉さんの方を見て言う。

「従姉さんも……」

「分かったわよ、すまなかった。じゃあ、訓練所に行くわね」

従姉さんが単純なので助かっている部分はあるな。

もしソウシさんだったら、口を出す前に手を出し終わっちゃってるから。

「伯爵、お前が何をしたいのか知らないが何かするのなら私に直接しろ。それならば穏便に済ませてやれないこともないからな。いいな？」

伯爵は私の言葉に答えず、無言で部屋から出ていった。

やれやれ、また一悶着《ひともんちゃく》ありそうだな……。

そんな憂鬱《ゆううつ》な気持ちを抱えながら、私も訓練所に向かう。

……待て、なんか凄い音がするぞ。

「「クロウス……ボンバアーッ!!」」

ずどぉんっ!!

訓練場を覗くと、騎士達が山積みになっていて、副団長がソウシさんと従姉さん二人の右ラリアットに挟まれる形で気絶していた。ナニソレ怖い。

◇　◇　◇

勇者温泉『あれふかると』五日目。

ん？　何故五日目かって？　数え間違えてないかって？

そんなの俺――トーイチが昨日一日賢者モードだったからに決まってんだろっ！

……言わせんな、恥ずかしい。

俺は今、ダンジョン『試練の洞窟』に向かっている。

向かっていると言っても、別館の反対側にあるダンジョンの入口まで本館からの渡り廊下を歩いているだけだがな。

えっ？　本当に特級ダンジョンなの？　なんで宿の隣に入口があるの？　って感じだよな……。

そんなことを考えているうちにダンジョンの入口に到着した。

入口の脇には小さな小屋が一軒あるのみだ。

『冒険者ギルド勇者温泉出張所　受付はこちら　※道具・消耗品有ります　※買取してます』

横にはこんな看板がポツンと立っていた。

個人商店の手書きポスターみたいだな。

「……ん？」

……内容はともあれ日本語で書かれているな、コレ。勇者の手書きかな？

俺は首を傾げつつも、受付をするべく扉を開け小屋の中に入る。

扉を開けると、カランコロンと鈴の音が鳴った。

中では薄褐色《うすかっしょく》の肌に金色の瞳、銀髪ストレートのボブで四角い銀縁眼鏡をかけたお姉さんがカウンターに片肘をついていたので、俺は片手を上げて口を開く。

「こんにちは」

「……」

あれ？　めちゃくちゃぼうっとしていらっしゃる？

少しして、お姉さんは「はっ」という声が聞こえそうなほど目を見開くとすぐに姿勢を正し、何もなかったかのように笑顔を向けてくる。

「冒険者ギルド勇者温泉出張所へようこそ。本日はどのようなご用件で？」

え？　俺がさっき見た怠惰《たいだ》な姿は幻《まぼろし》……？

「冒険者ギルド勇者温泉出張所へようこそ。本日はどのようなご用件で？」

「繰り返しちゃったよっ!!」

おっと。思わずツッコんでしまった。なかったことにする気満々だなっ！

それでもお姉さんは笑顔を崩さない。

きっと、こんなダンジョンに来る客なんてそうそういないから気を抜いていたのだろう。まぁ、いいか。

「ダンジョンに行きたいので、受付をお願いします」

「あ、はい。では、ギルドカードの提示をお願いします」

「ランク上げたくないんですけど、その場合ってカード出さない方がいいですかね？」

お姉さんから『何このやばいヤツ……』みたいな驚きがひしひしと伝わってくるが、彼女は用紙を出してくれた。

「でしたらこちらの台帳に名前と日付、ダンジョンに入る時間、予定探索時間を記入してください」

「予定探索時間ってなんですか？」

「はい。ダンジョンに入る方自身に制限時間を決めていただいているんです。ダンジョンに入った冒険者がその時間を過ぎた段階でダンジョン攻略は失敗したと見做《みな》し、手続きをとるようにしています。温泉地に隣接しているので、雰囲気はないかもしれませんが、中は特級ダンジョンです。遭《そう》難《なん》や死亡事故もよくありますから……」

「……なるほど」

お姉さんは続けて、ダンジョン内の説明をしてくれる。

「こちらのダンジョン『試練の洞窟』は全十五層からなる特級ダンジョンです。現在の最高到達層は第九層。ボスは五層にしかいなかったとの情報が入っているので、おそらく他のボスは五層ごと——第十層、第十五層にいると思われます。あくまで予想ですけどね。ちなみに第五層のボスはレベル50で、第九層にいる魔物はレベル90だったようです」

「レベルが10ずつ上がるのか……」

ってていうか、ボスがいない階層でもレベル90の魔物が徘徊《はいかい》しているダンジョンって凄《すげ》ぇな……。

この世界での普通のダンジョンなら魔物のレベル数＝階層数なのに、ここのダンジョンはその理《ことわり》から大きく外れているわけだ。

お姉さんは言う。

「そうです、それが特級たる所以《ゆえん》ですね。それに、ここは勇者が作ったダンジョンですから」

俺は苦笑いするしかなかった。

「最下層はレベル１５０か……鬼畜《きちく》だなぁ」

「しかし救済措置も用意しています。それが、こちらです」

受付のお姉さんが俺に見たことのない形の羽を渡してくる。

「これはなんですか？」

「そちらのアイテムの名前は『きまいらの翼』。所持している者が死亡した時に、ダンジョン入口に死に戻りできる魔道具です」

「……」

くっ、勇者め！　ここでも若干パクってやがる。確か某国民的ＲＰＧではこれに似た名前のアイテムでワープできたんだよな。

ただまあ救済措置があるのはいいことだな。しかし、それだけではないようだ。

「ただし、死に戻りした時は何故かお金が半分になります。もちろん獲得した魔石やドロップアイテム等は死に戻りでは持ち帰れません」

俺は言葉を発せない。

「さらに――」

お姉さんが人差し指を立てて続ける。

……え、まだあるの？

「マジックバッグやギルドに預けてあるお金も何故か半分になります」

「何その鬼畜仕様！」

一気に救済措置感がなくなったわ！　鬼畜すぎんだろっ！

「ちなみに、なくなったお金は第十五層のボスを倒すと今までの分が纏めて手に入るという……」

「おっ、そんなリターンがあるならいいじゃんか」

「噂です」

「噂かよっ!!」

狭い小屋の中に、俺の全力のツッコミが響き渡った。

◇　◇　◇

「「石破っ!!　ラブラブ――」」

私――ルシファスは焦る。ソウシさんと従姉さんが使おうとしているのは、Gシリーズ史上最も恥ずかしい技だと言われるあの技だな!?　以前二人に熱弁された記憶が過る。

「はい、ストップっ!!」

私が二人の間に割って入ると、ソウシさんと従姉さんはそれぞれ口を尖《とが》らせた。

訓練場では騎士団のほとんどが彼らにのされ、倒れている。

「なんだよ、せっかくノってきたのに……」

「ルシファス、空気を読みなさいよ」

何故か私が悪者のようになっているが、無視して尋ねる。

「ほら、勇者温泉に行くんだろ？　準備は終わったのかい？」

「おっ、そうだな。んじゃ、ちょっと商業区に行ってくるわ」

「じゃあ私ももう一度行こうかしら」

私はソウシさんと従姉さんの言葉を聞いて、内心ほっとしながら頷く。

「準備はしっかりしないとね。こっちは私が片付けておくから」

「じゃ頼む。行こうぜ、ヴィーネ」

「ルシファス、後はよろしくね」

……ふぅ、やれやれ。まるで嵐だったな。

二人が去ったところで、私は騎士団員達に視線を向ける。

「私はやめておけと言わなかったか？」

山積みになっている騎士団員達からは呻《うめ》き声しか返ってこない。

「まあいい。お前達が従姉さんを慕《した》っているのは知っているからな……」

しかし、そうではないヤツが一人交じっている。先程忠告したのだがな。

「だが、本気で彼女を殺そうとしていた貴様は別だ――伯爵っ！」

「――っな!?」

そいつはついさっき従姉さんに食ってかかった貴族だった。

「私がいくら身内に甘いと言っても見過ごせんことはあるぞ……。あまり魔王をナメるなよ」

「……ひぃっ!?」

その後、伯爵にはたっぷりとお仕置きをした上で、爵位を取り上げ野に放ってやった。

そして私は魔王城に戻り、ソウシさんと従姉さんのために馬車を準備したんだが「いらない、走った方が早い」とのことで、二人は走って温泉街へ向かってしまった。

「温泉の後一回こっちに戻るから」という言葉を残して。

取り残された私は一人ため息をついた。

◇　◇　◇

ダンジョンについて説明を受けた後も俺――トーイチは『きまいらの翼』について受付のお姉さんに聞いてみた。

受付では『きまいらの翼』を初回は無料で、二回目から金貨一枚で渡しているとのこと。

ダンジョンから帰還するか死に戻りした時に、その金貨は返却されるらしい。

性能がかなり高いので金貨一枚を置いて盗難されてもおかしくないな、と思ったんだが、そこらへんは対策されているようだ。

受付のお姉さんが言う。

「勇者温泉の敷地から持ち出せないように、結界が張ってあるんですよ」

全然感知できなかったので「マジで?」と思ったが、『鑑定』したら確かに結界が張ってあるようだった。それも『きまいらの翼』のみに作用するように、極々薄く展開されているみたい。凄い謎技術だ……。


いろいろと釈然《しゃくぜん》としないところはあるものの、俺はダンジョンに突入した。

すると早速陰から何かが飛び出してきた。

レベル10の『すらいむ』があらわれた。

ぴょんぴょんしていて可愛いが、このフォルムには見覚えしかない。いや、まあ、ちょっと予想はしていたけどさぁ……。

まあ一撃で屠《ほふ》るけども。

「スクエアビット『マグナム』」

そしてまたしばらく歩くと、魔物とエンカウント。

すらいむB。

すらいむC。

すらいむD。

すらいむE。

すらいむF。

すらいむG。

すらいむH。

すらいむI。

そしてそいつらは次々に集まり、纏まっていく。

「おいおいおいおいおいっ⁉」

『すらいむ皇《おう》　レベル80』。

『皇』は漢字使っちゃうのかよっ⁉

それよりも第一層からレベル80ってのはどうなん？　合体するなんて聞いていないんですけど⁉

ピョン、ズシーンッ!!　ピョン、ズシーンッ!!

大きい音を立てながら、すらいむ皇は俺の方に近づいてくる。デカいし重そうだな。あとプヨプヨひんやりしてそうで気持ち良さそうだ……。

見た目は怖くないし、近接戦闘なんかまったくできなそうな丸型ボディ。ダンジョンの魔物だから倒すと消えてしまう。

「なんとか動きを止めて乗れねぇかな……」

そう考えていると、すらいむ皇は大きくジャンプ。俺にのしかかってくる。

俺はそれを『転移』でかわしつつ、すらいむ皇の背後に跳ぶ。

「う～～ん……よし『マグナム』」

威力を弱めつつ、雷属性の魔力を弾に練り込んで撃つ。

「……どうだ？」

すらいむ皇はなんかキョトンとしている。コレは……効いてないな。

俺の姿を見つけたすらいむ皇は、再びのしかかってくるが、俺は再度『転移』で跳ぶ。

スキル『手加減』があるから多少威力を強めても倒さないはずなのだが、黒焦げにしちゃうと、あのプヨプヨひんやり感はなくなりそうなんだよなぁ。


その後もしばらくいろいろ試してみたのだが、結局いい方法は思い浮かばず『ライフル（強）』ですらいむ皇を倒してしまった。

撃ち抜かれたすらいむ皇は、魔石とドロップアイテムを残して消えた。

「のしかかってしかこなかったな」

もっと他の攻撃方法があっても良いと思うけど……レベル高いんだし。でも他には体当たりくらいしかできないか、体型的に。

さて、ドロップは~っと……。

『高級すらいむゼリー』

「……意外に普通だな」

合体して強くなったんだから良さげなドロップを期待したのに、なんか損した気分だ。

ちなみにこの『高級すらいむゼリー』、食用である。後で冷やして食べよう。

それ以降は、合体するすらいむとは遭遇せず、倒しても高級ではない『すらいむゼリー』しかドロップしなかった。

意外にも、すらいむ皇はレアだったということか……。

俺はスクエアビットを展開しすらいむを倒しながら第一層を進む。

「隠し部屋もなさそうだ」

念のため『マップＥＸ』で確認するも、特に隠しギミックはなし。

俺は近くに下り階段を発見したので、サクッと第一層から第二層へ下りた。


第二層に下りると、すらいむとは違う魔物と遭遇した。

『グランデアラクラン　レベル20』。

姿形はデカいさそりって感じだ。

にしてもワサワサ大量にいるとキモいな……。

「スクエアビット全基展開、マルチロック。『ライフル』フルバーストッ!!」

俺の声を合図に、十四本の紅い閃光が洞窟内を走る。

こうして大量のグランデアラクランを屠り、魔石とドロップを回収した。

ドロップは……大量の『どくけし』と、たまに『おおさそりのどくばり』があるぞ。

『どくけし』は、そのまんま毒を消してくれるアイテム。『どくばり』は……おお、レアアイテムなのか。加工しないと使えなそうだが。

……うん、どっちも必要ないから売ろう。

そして、第三層に下りると今度は『スケルトンナイト　レベル30』が出現する。一斉には出てこないがとにかく数が多い。しかも、どうやら胸の中心にある核を攻撃しないと倒せないという、なかなか面倒な魔物だ。……普通ならな。

俺はスクエアビットを飛ばし『ライフル』で核を狙い撃つことができる。スキル『狙撃』の補正もあるし。あらゆる角度からの攻撃で核を撃ち抜き、難なく進んでいく。

魔石を回収しつつ、コイツらは魔石以外のドロップとかないのかなぁと思っていると『ミスリルウエッソ』とやらが落ちていた。

ウエッソは『骨』か。

どうやら、レア魔物のミスリルスケルトンナイトが交じっていたらしい。

見せ場すらなかったな……。

『ミスリルウエッソ』は高く売れそうだ。ありがたく回収しておこう。


次にたどり着いた第四層にいる魔物は、『デヴィルズナイト　レベル40』だった。

これもまた某国民的RPGに出てきた中ボスの騎士を思い出す見た目だ……。

一体ずつだが、ちょこちょこ出てくる。

コイツはフルプレートの鎧の騎士の魔物で、鎧の中は空洞になっている。その空洞の中に核があり、それが弱点になっているらしい。おまけに核の位置はランダム。

だが俺の持つスキル『狙撃』先生の眼は誤魔化せんぞ！　『ライフル』で的確に撃ち抜いていく。

この層ではレアものは出現せず、魔石以外のドロップもなし。……ッチィ！


さらに下りたところにある第五層には、ボス部屋があるという話だったな。

「今日はここまでにして、明日は朝からボスに挑戦だな」

部屋前の安全地帯で、野営の準備を始める。

『アイテムボックスＥＸ』からでき立てホカホカの肉料理、スープ、パンを出して、いただきます。

しばらく食事を楽しんだ後、俺は食後のコーヒーを嗜みながらタバコを吹かす。

「……ふぅ」

それにしても、第四層までは隠し部屋も罠《わな》とかもなかったな。

ボス部屋にはあるかもしれないが、まだ入っていない部屋は『マップＥＸ』でも見られない。

何かあると良いな……。

タバコを消して携帯灰皿に入れる。

タブレットで時間を確認すると、二十一時だ。

「早いけどもう寝るか」

周りには誰もいないが、一応結界を展開してから体を横たえる。

マイ枕に頭を乗せながら、俺はふと思う。

「ひんやりすらいむ抱き枕、欲しかったな……」

その翌日――。

ボス部屋の前で目覚めた俺は朝食をとり、食後に朝専用缶コーヒーを飲みながらタバコを吸う。

そうして三十分程まったりしたところで、重い腰を上げた。

「さて、行きますかね……」

大きな黒い金属の扉は、触れるとゴゴゴ……と自動で動き出す。

部屋の中に入ると、扉は勝手に閉まっていく。

それを見届け、俺は視線を前方に移した。

玉座に座っている魔法使いのような格好をしたオッサン——どらきんを確認。

どらきんは俺を見ると、口を開く。

「よくきた　ぼうけんしゃよ　わしが　おうのなかの　おう　どらきんだ」

「わしは　まっておった　そなたのような　わかものが　あらわれることを……」

「もし　わしの　みかたになれば　せかいの　はんぶんを　きさまに　やろう」

「どうじゃ？　わしの　みかたに　なるか？」

あれ……有名なＲＰＧのラスボスもほとんど同じようなセリフを言っていたような気がするな。

そんなことを考えていると、どらきんは右手を振り上げる。

「返答はなしか……ならば死ぬがよいっ‼　『炎嵐《ファイアストーム》』ッ‼」

ピロリロリ♪　という音とともに、炎が俺に迫ってくる。

あの効果音——音魔法かっ⁉

いたよ、俺以外に使う奴。

じゃなくて、避けねば！

俺は『転移』を使い、上空へ避難してから声を上げる。

「スクエアビットッ！　からの『ライフル』ッ!!」

『ライフル』を三連続で放ったのだが……。

「……届いてねぇな」

どうやら、どらきんの前には障壁があるらしい。どらきんは余裕の表情で再度右手を振り上げた。

「『炎嵐《ファイアストーム》』」

俺は『ランチャー』でどらきんの炎を撃ち抜く。

ズドオオオォッ！

轟音《ごうおん》を立て、『ランチャー』は炎の中心を進んでいく。

しかし、またしても障壁のせいで攻撃が通らない。どらきんが魔法行使中でも障壁に阻まれるのか。

ふむ、障壁に魔法無効の効果が付与されているのかもしれないな。

ただ、それでもやりようはある！

「『炎嵐《ファイアストーム》』」

どらきんの攻撃方法、ソレしかないのか？

俺はスクエアビット六基に『ランチャー』を撃たせて炎を打ち消しつつ、残り六基に炎を掻《か》い潜《くぐ》らせてどらきんへ接近させる。

「行けっ、オールレンジ殴打っ!!」

ズドドドドドドッ!!　という音とともに、六基のスクエアビットはどらきんの体に連続で体当たりを繰り返す。

「ぐはぁっ!!」

呻き声を上げて、どらきんは吹き飛んだ。

そして、地面に倒れたどらきんを黒い靄《もや》が覆う。

黒い靄はどらきんを完全に覆った後、大きく膨れ上がった。大きな球体になった靄がだんだんと薄くなっていくと、そこには強そうな巨龍がいた。

どらきんがしょうたいをあらわした、って感じだな。

『鑑定』を改めてかけてみると……『ドラキン　レベル50』と表記されている。

鑑定結果が片仮名になるって、なんだその変化？

「グギャアァァアァッ!!」

まぁでも龍になるっていうのは、受付で聞いて知っていたから驚きはしない。

ステータスは攻撃力・防御力ともに大幅に上がっていそうだが、俺には称号『龍殺し』があるから、龍になるのは悪手だぜ？

見ると、ドラキンはその大きな口に魔力を集束させているところだった。

「――っ⁉　ブレスかっ！」

ズドォオオォッ‼　という轟音を置き去りに、俺は『転移』を発動。

ドラキンの足元に潜り込み、左腰の愛刀・琥珀の柄に右手をかける。

「……相手が悪かったたな。『居合：天龍閃』っ‼」

キンッという澄んだ音から一拍遅れて、ドラキンが倒れる音がした。

魔石とドロップ『龍王の鱗《うろこ》』を回収する。

龍王の鱗：武器にも防具にも使える、柔軟さがありながらも頑丈な龍素材。龍素材の中では性能は格段に高い。食べられない。

鑑定先生、最後の『食べられない』はいらないかな……。

なるほど、優秀な素材だということは分かった。

「でも……いらんなぁ」

武器も防具も最上級のもので揃えちゃってるからなぁ。

オリハルコンより優秀な素材って……ヒヒイロカネ、とか？

まぁドゥバルなら喜んでくれるだろうから、戻ったら持っていってやろう。

『マップＥＸ』で隠し部屋を確認してみるが……ない。

『魔力感知』も……反応なし。

これで第五層まで隠しギミックが一切なかったことになる。

ドロップがよかったからいいけどな。

「この先の階層に期待だな」

俺は第六層に続く階段を下りていった。


第六層に下りてからしばらくは、魔物とエンカウントしなかった。

今のところ第六層にもギミックはない。それどころか魔物ともエンカウントしないとはコレいかに？

『マップＥＸ』を起動してこの先を確認してみる。

「……あぁ、なるほど」

この先が大部屋になっており、そこには大量の魔物の反応がある。

モンスターハウスだ。

面倒だなぁ……。

俺はモンスターハウスに入る前からスクエアビット全十二基を展開しつつ、魔力の充填《じゅうてん》を開始する。

そうして準備が整ったところで、モンスターハウスに突入。

足を踏み入れた瞬間に、大量の魔物がこちらにギロリと視線を向けてくる。

だが、もう攻撃の準備はできている。

「フルバーストォッッ!!」

ズドオォオオォォッ!!

ややあって音がやみ、大部屋に残されたのは大量の魔石とドロップアイテムだけだ。

この階層の魔物は『とかげばえ　レベル60』と『ねむりあり　レベル60』の二種類だった。

部屋を見回したが、ドロップアイテムは……『眠り粉』しかない。

これはねむりありのドロップだな。とかげばえは魔石しかドロップしなかったみたいだ。

大部屋の先には、第七層への階段が見える。

俺は魔石とドロップをサクッと回収し第七層へ向かった。

さて、七層の魔物は……『剣狼《けんろう》　レベル70』と『鷹男《たかおとこ》　レベル70』か。

二体一組で地上と空中から同時に襲いかかってくる。

良いコンビネーションだとは思うが、姫プ全開の俺に隙《すき》はない！

スクエアビットで魔法を撃ち込むと、二体とも沈黙した。

ドロップは『剣狼の牙』と『鷹の羽』。

『剣狼の牙』は武器素材に、『鷹の羽』はアクセサリー素材になるって鑑定先生が言ってた。


次の第八層、広い一本道になっていた。

その中央に魔物が陣取っている。ちょっと大きめの火の玉と、雪の結晶みたいな見た目だ。

『炎　レベル80』と『吹雪　レベル80』……か。どちらも厄介そうだ。数もそこそこ多い。

どうやって倒すかな？　と思っていると魔法が飛んできた。

『火球《ファイアボール》』の上位魔法『炎球《フレイムボール》』。

『火矢《ファイアアロー》』の上位魔法『炎矢《フレイムアロー》』。

『火槍《ファイアランス》』の上位魔法『炎槍《フレイムランス》』。

『水球《ウォーターボール》』の上位魔法『氷球《アイスボール》』。

『水矢《ウォーターアロー》』の上位魔法『氷矢《アイスアロー》』。

『水槍《ウォーターランス》』の上位魔法『氷槍《アイスランス》』。

炎と氷の中級魔法が入り乱れて飛んでくるさまは、なかなか禍々《まがまが》しい。

しかし俺は、スクエアビット四基を使って三角錐の形に結界を展開し、全ての魔法を防いだ。

結界の向こう側で水蒸気爆発を起こしているようで、凄い音がする。

てっきり炎の威力を水が殺してくれるんじゃないかと思っていたから、めちゃくちゃビビったわ……。

しかし、結界のこちら側へ爆風が来ることは万が一にもない。俺は攻撃が来る方向を人差し指で指す。

「よし。行けっ、スクエアビットっ！」

防御に用いている四基はそのままに、残りのスクエアビットを突撃させる。

だんだんと結界に当たる魔法は減っていき、やがてなくなった。殲滅完了だな。

水蒸気爆発によって巻き起こった土煙が消えると、そこには通常の魔物が落とす魔石だけでなく、ちょいちょい『炎の魔石』と『氷の魔石』が交じっていた。

抜かりなく回収して、第九層へ向かう階段を下ろうとしたその時、俺は隠し部屋に気付く。

「……ん〜〜」

ただ、なんか嫌な予感がする……。だって、ここまでまったくなかった隠し扉があるって怪しすぎるだろ。

しかし扉を開けずに進んだら後悔しそうだしなぁ……。

俺は『魔力感知』でスイッチを見つけ、魔力を流す。

すると、ガコンッ、ゴゴゴ……と壁の一部が開き、隠し部屋へ続く通路が現れた。

その通路を少し歩くと広間に出た。その部屋には何も置いておらず、床の真ん中には魔法陣が点滅している。

点滅する光は次第に大きくなり、やがて一際大きく光り、部屋中を照らす。

光が収まると、炎と氷を纏った人型の魔物が現れた。

そいつは口を開く。

「よくこの部屋を見つけたなぁ、冒険者ぁ。俺の名は氷炎しょ――」

「天龍閃っ！　天龍閃っ！　天龍せ～～んっ!!」

勝負は一瞬で決着した。

「言わせねえよ……」

俺は呟いた。

ドロップしたのは、炎と氷両方の属性を持つ『魔石（氷炎）』。宝箱はなかった。

「……この魔石、使えんのか？」

そうぼやきつつも、とりあえず魔石を回収。

俺は隠し部屋を後にして第九層へ下りた。


階段を下りると、待っていましたとばかりに魔物が待ち受けていた。

俺は早速『鑑定』してみる。

上位魔将《ましょう》　レベル90：弱点属性なし。『爆裂魔法《エクスプロージョン》』を放ってくる。
殺人機械　レベル90：弱点属性なし。魔法無効。スキル『痛恨の一撃』を持つ。

どちらも弱点属性なし……か。

「それなら！」

俺はスクエアビットを六基ずつ、魔物へ向けて放つ。

「オールレンジ殴打っ!!」

魔法も属性も関係ない方法なら、攻撃が通るもんな。

「……ふっ。相手にならんな」

スクエアビットが便利で強すぎる。俺はほとんど何もしなくていいんだからな。

……いや、実際は脳波でコントロールしたり『付与魔法』と『魔力充填』を使ったりとか、いろいろやっているんだよ？　本当だよ？

俺はそんな言い訳を心の中でしながら魔石を回収。それ以外にドロップしたものはなかった。

その後も魔物を倒しつつ、探索を進めていく。

先程は何もドロップしなかった上位魔将だが、『魔将の角』を落としてくれるヤツもいた。まぁ、殺人機械はどれだけ狩ってもドロップなしだったが……。

まぁいい。早速『魔将の角』を『鑑定』にかけてみる。

魔将の角：上位魔将の魔力が凝縮された魔物素材。粉に加工して薬品と調合することで、薬品の効果が一段階強まる。

普通に優秀なドロップだ……。


それから部屋の階段を下りると、やっと第十層までたどり着いた。噂通りボス部屋があるようで、威圧感たっぷりの扉がでーんと構えている。

にしても、第六層から第九層は第一層から第四層よりも広かったから、探索に結構時間がかかってしまったな。

「若干早いけど、ここで野営するか」

俺は、『アイテムボックスＥＸ』から道具を出し野営の準備をする。

まず、バーベキューコンロを取り出して、火を入れた。

串焼きをやろうと思った俺は、肉や野菜を切り分けて串に刺していく。

それから野菜を切って、簡単にサラダを作りドレッシングをかける。ドレッシングはオーソドックスに和風タマネギドレッシングだ。

飯盒《はんごう》でご飯を炊くのがやや面倒くさかったので、レンジで温めるタイプのごはんを購入。

『冷却』ができたんだからいけるよな？　と『加熱』の魔法を作り出して、温める。

鑑定先生に見てもらいながら出力調整をして、無事ほかほかのご飯をゲット。

スープはでき立て熱々のコンソメスープを『アイテムボックスＥＸ』から取り出して、スープカップに移して置いておく。すぐには飲まない。……俺は猫舌だから。

ちょうどそのタイミングで火が良い感じになったから、串を焼き始める。網一杯に並べて待つのみとなったのでカシュッとビールを開けた。

それからはビールを飲んで串焼きを食い、焼いては食い——という一人バーベキューフェスが開催された。

まぁ、ボス部屋前なんですけどね……。


その翌日——。

昨日は一人バーベキューフェスを開催した後、ガッツリ寝たので体調も万全だ。

「……すぅ……ふぅ」

朝の一服を済ませ朝専用缶コーヒーも飲み、準備は万全。

さてボス戦だ、と気を引き締める。

「朝一なんだから、ボスも寝ていてくれたら楽なんだけどな……」

俺はそんな卑怯《ひきょう》なことを考えながら扉の前に立つ。

これまで某国民的ＲＰＧに出てくるような敵とエンカウントするし、第五層では一作目のラスボスが待ち受けていた。ってことはもしかして、第十層では二作目のラスボスである神官のオッサンが出てくる、とか？

予想を立てて、脳内でシミュレートしてから扉に手を触れる。

ゴゴゴ……という音とともに扉が開いたので、俺は部屋の中に足を踏み入れる。

室内は神殿のようなつくりになっており、中央には十字架がある。

その十字架の前で、予想通り神官の格好をしたオッサンが祈り続けている。

これ……待ってなきゃいけないのかな？　今、攻撃しちゃ駄目？

……やっぱ誠実さのない俺に、勇者は無理だな（笑）。あの時断っておいて正解だった。

そんなことを考えていると、やっと神官が俺の方を見た。

「だれだ、わたしのいのりをじゃまするものは？」

「いや、邪魔してないけ――」

「おろかものめ！　わたしをだいしんかんハーゲン・Ｄ・アーツとしってのおこないか!?」

なんだそのゴムの人の一族みたいな名前は……？

「え～……と、知らな――」

「ではおぼえておくがよい！　わたしがいだいなるかみのつかい、ハーゲンさまじゃ!!」

「……」

こいつ、全然話聞かねえ。ゲームの時はともかく、現実だとめちゃくちゃイラッとするな、これ。

しかし文句を言う間もなく、ハーゲン・Ｄ・アーツは持っていた杖を振り下ろしてくる。

大きな風切り音を上げて左側から袈裟《けさ》斬りのように振り下ろされた杖を、俺は右側に跳んで避ける。そして、カウンターでグーパンだこの野郎っ!!

「フンッ!!」

ハーゲン・Ｄ・アーツは大きく吹き飛び、壁に激突する。

「ぐはぁっ⁉」

床に崩れ落ちたところで一応『鑑定』してみる。

『ハーゲン・D・アーツ　レベ……。

「あっ……」

鑑定中だったのだが、途中でハーゲンが力尽きたようだ。魔石と杖を残し、消えてしまった。

「……まさかワンパンで倒しちゃうとはなぁ」

イラッとして、ちょっと強めに殴ってしまったらしい。

そういえば確か原作だと、倒した後に「いけにえがなんたら――」みたいなセリフを言わなかったっけ？

「……」

耳を澄《す》ましたが、何も聞こえないな。うむ、しょうがない。

俺は諦めてドロップアイテムを確認しようとしたのだが……。

ボッ、ボッ、ボッ！

ハーゲンが消えた場所の周囲に炎が巻き起こった。

そして、その炎はハーゲンが消えた辺りに集まり、球形を成していく。そしてだんだんと黒い霧へ変化し、凝縮されていった。

やがて霧が晴れると、六本脚の異形《いぎょう》が姿を現した。

蜥蜴《とかげ》のような体に醜悪《しゅうあく》な顔。首にはネックレスに加工された髑髏《どくろ》がぶら下がっており、尻尾の先は蛇みたいな鱗で覆われている。そして極めつけに、背中にはドラゴンの翼が生えているのだ。

『鑑定』を行うと、『獅童《しどう》　レベル100』と表示された。

あ〜……やっぱり出るかぁ。そら出るわなぁ。二作目と言えばコイツだもんなぁ。

ヤレヤレ……と俺は後頭部を右手で掻《か》いた。

そしてその右手を左腰の柄に持っていく。

「さて、ヤるか」

◇　◇　◇

魔王城を出発し、温泉のある街に向かって走り続けていた俺――ソウシとヴィーネはやっと勇者温泉の近くまで来た。すると、何故か鎧を纏った王国の兵士の一団がいた。

「あの鎧の奴ら……ポークレア王国の奴らだよな？」

「なんで魔王国にいるのかしら？」

「何か企んでいるような顔してねぇか？」

ヴィーネは俺の言葉に頷いて、言う。

「そうね。この辺に何か重要な場所ってあったかしら……」

「こんな温泉地にか？」

なんで温泉に武装してくるってんだ？　見たところ、討伐帰りってわけでもなさそうだし……。

怪訝《けげん》そうな俺の顔を見たヴィーネは、さらに言葉を続ける。

「私は入ったことないんだけど、勇者温泉にダンジョンが隣接しているのよ」

「ダンジョン？　初めて聞いたな」

「そう、勇者が作った『試練の洞窟』っていう特級ダンジョンがあるわ」

「特級!?　こんなところにそんな凄《すげ》ぇダンジョンがあるのか……」

驚く俺に、ヴィーネはにやりと笑いながら言う。

「しかも、そのダンジョンを踏破すると、大きな力を得られる……」

俺は、生唾《なまつば》を呑み込む。

「……らしいわよ？」

ずっこけた俺の背中をバシバシと叩きながら、ヴィーネは笑う。

「誰も踏破してない特級ダンジョンだから噂しか出回っていないのよ。ついもったいぶって言っちゃったけど」

「……噂ね。だが、王国の狙いがダンジョン踏破による戦力アップだと考えると納得だな」

しかし、特級ダンジョンか……。面白そうだな……。

そう考えていると、隣から冷たい声が飛んでくる。

「行かないわよ」

「……えっ、いや、行こ――」

「行かないわよ」

「……はい」

◇　◇　◇

第十層のボスである獅童を前に、俺――トーイチは琥珀を鞘《さや》から抜いて構える。

ゴオオオォオォッ！

「――っ!?」

あいつ、ノーモーションで炎を吐き出してきたっ！

俺は『転移』で攻撃をかわし、『縮地』で獅童との距離を一気に詰める。

しかし、『縮地』が終わる瞬間を狙って、獅童の尻尾が顔面に飛んできた。

「あぶなっ⁉」

俺は首を右に傾けて避け、舌打ちしつつ距離を開ける。

そんな俺を見て、獅童は再度炎を吐き出す。

ゴオオォオォッ！

凄いスピードで眼前に迫る炎を、俺は再度『転移』でかわす。

『転移』がギリギリ間に合ったので攻撃は当たらなかったが、少しタイミング遅かったのだろう。

熱風を感じ、肌がチリチリした。

「……アチィなっ、この野郎！」

叫びながら、俺は琥珀を正眼に構える。

「おとなしく攻撃、喰らっとけぇっ‼」

『縮地』を使い、俺は獅童に特攻する。

それを見た獅童は、俺の着地点に合わせるように体全体で体当たりしてくるが、そんなの予想済みだ。スクエアビットを一基飛ばして獅童の顔面にぶつけ、一瞬の隙を作る。

「『九龍閃《きゅうりゅうせん》』！」

しかし、『九龍閃』によって獅童を両断することは叶わなかった。腕六本分の爪でいくつかの斬撃がガードされてしまったのだ。

「……硬《かて》ぇ爪だな」

だがダメージは入ったようだ。呻き声が聞こえる。

俺は追撃せんと目に留まらぬ速さで突きを繰り出す技――『爪突《そうとつ》』を放つため、再度獅童との距離を詰める。

それを見た獅童は、尻尾でカウンターを放ってきた。しかし、俺は慌てない。

「喰らわねぇよ」

スクエアビットで尻尾を横から殴り、尻尾の軌道を逸らしたのだ。

獅童が驚いた気配がした。

俺はにやりと笑い、右腕を弓のように引き絞り、突きを放つ。

「らぁぁあああっ!!」

ズドンッッ!!

琥珀が獅童の体の中心を貫いた。

「グオォオオォッ!!」

獅童は貫かれたまま、尚も六本の腕を動かして攻撃してくる。

爪が迫ってくるのを見て、俺は琥珀を残して『転移』を使う。

獅童の背後に飛ぶと、腰から短刀を引き抜いた。そしてそれを『投擲《とうてき》』する。

「……ガッ⁉」

短刀は獅童の後頭部から眉間までを貫き、壁に突き刺さった。

しかしこれまでの丈夫さを見ているので、まだ油断できない。

俺は十二基のスクエアビットを獅童を中心に展開。

「……スクエアビット全基展開！　『ランチャー』集中砲火っ‼」

ズドオォオォッ‼

全方位からの『ランチャー』による集中砲火をお見舞いしてやった。

オーバーキルだろうが関係ない……！　やられたらヤり返す……ヤられなくても先にヤる。万倍返しだっ‼

獅童は完全に沈黙……というか消滅した。

魔石と『魔龍《まりゅう》の翼』『魔龍の爪』を残して。

「『魔龍』ねぇ……」

爪は琥珀の攻撃を受け止めていたから、オリハルコン並に硬いんだろう。翼は……なんか仕事してたっけか？　しかし『魔龍』ってことは……獅童って龍扱いなのか？　分からん。

俺は考えるのもやめ、第十一層へと続く階段を下りた。

第十一層から、魔物が三種類出現するようになった。

『ヘルアーマー　レベル１１０』、『呪術師　レベル１１０』、『ポイズンゾンビ　レベル１１０』……十一層は前衛二体に後衛一体の魔物パーティか……。

レベル１１０ともなるとステータスもやたら高いし、厄介だ。

素早いゾンビとか、エグいんですけどっ⁉

鎧の魔物も速いし、硬いし。呪術師は……アレだ。あ～……アレだ。

まあ、何が言いたいかというと――。

「……相手するの、めんどい」

というワケで、やはりスクエアビットさんはいつも通り大活躍である。

ドゥバルには今度ちょっとお高めでハイクオリティーな『μ《ニュー》』のガ○プラを進呈しよう。もちろん追加装甲も装備させてやる。

しかし映画特別仕様のヤツはまだ早いがな……。

「……そっちは俺が作るか」

俺はそう呟きながら、ドロップアイテムを回収する。

魔石の他に、ヘルアーマーは各鎧の部位を、呪術師は『白紙のお札』をドロップした。ポイズンゾンビはなし。

お札は使用する魔法の魔力を予《あらかじ》め込めておき、その魔法を一度だけ発動できるみたいだ。使い捨てらしいがいい性能である。

ただ、俺はたいていの魔法をほぼ無限に使えるので、使う機会がなさそうだなぁ……。

第十二層で出てきた魔物は『死の追跡者　レベル120』、『エクスプロージョンロック　レベル120』、『ヘルナイト　レベル120』の三種類。

裸で斧のみを持った変態さんと、自爆しそうな岩と、六本の腕全てに剣を持った骸骨《がいこつ》さんというよく分からないパーティだ。

骸骨はガシャガシャうるさい。

俺は容赦なくスクエアビットを起動して全て倒した。

新たなドロップアイテムは、エクスプロージョンロックが落とした『爆裂岩の欠片《ばくれつがん》』だけだった。

矢の先に付けたり、粉にして盾に付けて爆発反応装甲にしたりできる意外に有能な素材。

しかし、やはり俺には不要か……。

俺は階段を下りて第十三層に到着する。

出てくる魔物は『影　レベル130』、『幻覚幽霊　レベル130』、『サタンシャドウ　レベル

130』。

……全部一緒じゃねえか。

色違いの同タイプが出てきた感じだな。

ゲームだと闇系のモンスターは攻撃を上手く避けたり、仲間を呼んだりするイメージがあるが、スキル『狙撃』持ちの俺の攻撃はそうそう避けられないだろうし、数が増えたところで負けるビジョンは見えないなぁ。

俺はサクサク倒しながら第十四層へ続く階段に進んだ。

あ、ドロップは特になかった。


第十四層で待ち受けていたのは『グランデゲニウス　レベル140』、『上位魔術師　レベル140』、『スカルドラゴン　レベル140』の三種。

暗い緑色の体を持つ魔人と、多彩な呪文を使う魔術師と、骨のドラゴンか……。

エンカウントして早々に、上位魔術師が『爆裂魔法』をぶっ放してくる。

それを『転移』で回避したところに、グランデゲニウスが素早く詰め寄ってきた。

「……反応が速いな」

感知系のスキルでも持っているのだろうか？

グランデゲニウスは打撃系のダメージを増幅するスキル『痛恨撃《つうこんげき》』を纏った、大きな足を振り上げる。

しかし、俺はグランデゲニウスが片足を上げた隙をついて、スクエアビットをグランデゲニウスの顔面の右側にぶつける。

ズズゥウゥンンッ！

俺は、大きな音を立て倒れたグランデゲニウスに追い打ちをかけようとしたのだが、それを邪魔するようにスカルドラゴンが『氷の吐息』を繰り出してきた。

「――チッ！　『転移』」

俺は追撃を諦め、舌打ちをして『転移』で飛ぶ。

スカルドラゴンめ、邪魔しやがって！

態勢を整えるべく、少し距離を開けると、上位魔術師が『爆裂魔法』で追撃してくる。

「……こいつら」

鮮やかな連携にカチンときた俺は、スクエアビットで自分の前面に結界を展開。『爆裂魔法』を受け止め、撃ち終わりの隙を突いて短刀を『投擲』して、上位魔術師の眉間を撃ち抜く。

グランデゲニウスは既に体勢を戻しているが……。

「スクエアビット、オールレンジ『ランチャー』っ!!」

全方位から撃ち抜けば関係ないな。

「……次」

スカルドラゴンの方を振り返ると、ブレスを放つ直前だった。

俺は『転移』でスカルドラゴンの懐《ふところ》に潜り込み、顎を下から蹴り上げる。

スカルドラゴンはその衝撃で真上を向かざるをえず、そのまま天井にブレスを放つ。

蹴りの後に体勢を崩していた俺はそれを横目に、再度『転移』して体勢を整えつつ、ブレスに当たらないように気を付けてさらに『転移』を使い、スカルドラゴンの上に飛ぶ。

スカルドラゴンは、ちょうどブレスを吐き出し終えたところなので、隙だらけだ。

俺は琥珀を大上段に構え、叫ぶ。

「『一刀両断』っ!!」

スカルドラゴンの体は、綺麗に両断された。

着地した俺は、キリッと表情を決めた。

「『琥珀』に断てぬものなしっ!!」

◇　◇　◇

一週間前のことだ。

王都が擁《よう》する軍の分隊隊長の俺に、ある命令が下った。

「……え？　特級ダンジョンを攻略しろ？」

その命令を下した上司――大隊長は頷いて、もう一度繰り返す。

「うむ。貴様らには『あれふかると』に赴《おもむ》き、特級ダンジョンの攻略及びダンジョン産の魔石や素材、アイテム類を確保してもらう」

「いやいや、任務内容が理解できなかったわけじゃねぇ！」

「ではなんだと言うのだね？」

「無理だ、って言ってんだ！　アンタもこれがどれだけ無謀な命令か、分かってんだろっ？」

俺の剣幕に、大隊長は引きつった笑みを浮かべながら呻くように言う。

「……やってみなくては分からんだろう？」

「はぁ……あのなぁ、第一層から第四層に出てくる魔物はまだなんとかなるだろうが、第五層にはレベル50のボスがいるんだぞ？　しかも龍種だ。全員が生き残れる見込みは限りなく薄い。俺は分隊長として下の奴らの命を預かっている身だ。特級ダンジョンの攻略なんて死にに行くような命令には従いたくねぇ！」

俺は熱くなって言うが、大隊長はまぁまぁとなだめながらこくこくと頷く。

「君の言い分はよぉ～～ぉっく分かる。分かるんだがね……国王と宰相閣下の命令なんだ。私に断れるワケなかろう……？」

俺も軍で相応のポストを得ている。国の内情にまったく無知というわけではない。

戸惑い、頬を掻くしかなかった。

「……確かに、なぁ」

「本当に申し訳ないんだが、行ってくれるかね？」

「大隊長も大変だな……」

最後に、大隊長は部下である俺に頭を下げて言う。

「帰ってきたら一杯奢《おご》ろう」

「おい、変なフラグ立てんなっ！」

俺らは力なく笑い合った。

◇　◇　◇

第十四層の魔物を倒した俺――トーイチは、魔石とドロップアイテムを回収した。
グランデゲニウスからアイテムはドロップしなかったが、スカルドラゴンは『龍の骨』、上位魔術師は『虹の魔石』を落としてくれた。

龍の骨は良い出汁《だし》が取れるらしいから、持っていくか。んで虹の魔石ねぇ……レアなのは分かるけれど、何に使えるのだろう？　鑑定先生も肝心の用途については説明してくれなかった。

いや、出汁にいいとかよりそっちの方が重要な情報じゃね？　とか思ってしまうな。

その後も何組かの魔物パーティを倒し、そろそろ階段だろうと思っていたのだが、部屋の壁に突如デカい鉄の扉が現れた。

この荘厳《そうごん》さ……最下層を前にまさかの中ボス戦か？

うわっ、面倒くさっ！　マジかよっ!?

しっかし、どうすっかなぁ……。正直一休みしたくて仕方がない。

でもこの場所、安全地帯じゃないみたいだし……。

「……はぁ、闘《や》るしかないか……」

俺は諦め……ようとしたところで妙案を思いつく。

「このデカい扉、吹き飛ばしたらボスが下敷きになって勝ってた……とかないかな？」

……ないな。

俺はやっぱり諦めて、普通に扉を開けることにした。

部屋に入ると、すぐさま話しかけられる。

「ついにここまで来たか。この大魔王ボラモス様に逆らおうなど身の程をわきまえぬ者達じゃな。ここに来たことを悔やむがよい。再び生き返らぬよう、そなたらのハラワタまで喰らいつくしてくれるわっ！」

やべぇ……。何がやべぇって、ツッコミどころか多すぎてやべぇ。

まず、どこかで聞いたことあるようなその名前ぇっ！

いや、分かるよ？　いやいや、分からねぇんだけど……。

そして見た目ぇ！

某国民的ＲＰＧに出てくる例のボスベースなのは分かる。しかし！　何で『ボ』を抜いた名前の、昔有名だったサッカー選手の見た目に引っ張られてんだよっ⁉

魔物なのに茶髪ロン毛ウェーブになっちゃってんじゃゃんっ⁉　髭《ひげ》生えちゃってんじゃゃんっ⁉

もうマントがベンチウォーマーにしか見えないよっ！　さっきのセリフも若干片言に聞こえた気がするよっ‼　後、さりげなく首飾りの宝石をサッカーボールみたいな模様にするんじゃゃねぇ‼

よし、決めた。今度、先輩を連れてこよう。先輩なら、きっとこの面白さを分かってくれるはずだ……。

あまりにツッコミどころが多くて固まる俺を余所に、ボラモスは炎の球を作り始める。

……ベースとなっているボスが頻繁に使ってくる炎の呪文、メラ○ーマか？

そう思っていたら、掌《てのひら》の上に作り出した炎の球を、ボラモスは足元に落とし——シュ・ー・ト・した。

ボッッッ!!

「——っ!?」

はっやいな!?

俺は体を仰《の》け反《ぞ》らせて炎球をかわしたが……。

「あちちっ!?」

熱風が吹きすさぶ。

あちぃなっ、ちくしょいっ!

ズドォオオォォオンッ!!

炎球はダンジョンの壁に激突し、壁を抉《えぐ》りながらしばらく燃え続け、やがて消えた。

肝を冷やしながら、俺は視線を炎球からボラモスに戻す。

すると、ボラモスの足元には無数の炎球が転がっていた。

「シュート練習かよ!?」

俺は思わずツッコミを入れてしまう。

もうボラモスがサッカー選手に見えてきたよ……。

なんて思っていると、ボラモスがシュート体勢に入っていた。

だが、やらせるか！

「スクエアビット！」

一体のスクエアビットが、ボラモスの顔面を襲う。

ボラモスが蹴った炎球は、他のスクエアビットから撃ち出した『ライフル』で全部相殺《そうさい》してやった。

だが、ボラモスはスクエアビットの強襲にひるむことなく『爆裂魔法』を俺に撃ってくる。

ズドォオオォオンッ!!

俺のすぐ近くに魔法が炸裂し、ダンジョンの床から爆煙が立ち上る。

視界を煙で覆われた俺は、思わず舌打ちした。しかし、焦ることなく『魔力感知』を起動。

「チッ！」

ボラモスが再度炎球の準備を始めたのを感知する。

その直後、炎球が煙を切り裂くように俺に迫ってきた。

だが、軌道さえ分かっていれば怖くない！　シュートを蹴り返してカウンターだ!!

俺は『魔力感知』と『空間認識能力』で炎球の軌道を把握して避けてから、『身体強化』を発動。

それから大声で叫ぶ。

「『反動シューソクジン砲』っ！」

某国民的サッカー漫画の技みたいにボラモスのシュートをシュートで蹴り返すと、ボラモスは胸に風穴を空け倒れた。

消えた後には大きな魔石と『光玉《こうぎょく》』が残る。

「……光玉？」

これって、シリーズで初めて『大魔王』の名を冠したあのボスを弱体化するために使うあのアイテムだよね？　ということはまさか……いや、やっぱりと言うべきか。

最下層十五層のボスは、九割方三作目のラスボスだろう。

八層の隠し部屋には、氷炎将○さんもいたしな。

……っていうか今更だけど、隠し部屋にボス級モンスターがいるせいでボスと連戦なんだよなぁ。

『試練の洞窟』という名前通り、試練を与えてきやがるぜ。

「……うへぇ」

恐ろしい……より面倒くせぇ～が勝る。

ややげんなりしていると、もう一つドロップアイテムがあることに気付いた。

『ベンチウォーマー（魔王仕様）』

魔王仕様ってなんですかね？

第十四層のボス、ボラモスを倒し、最下層である第十五層に下りてきた俺は絶句していた。

なんせ、目の前には五つの扉があるのだ
左から順に『魔王の間』『大魔王の間』『大魔王の間』『超魔生物の間』『超魔王の間』か。

いや、『大魔王の間』が二つあるんですけど……。

っていうか、ラスボスって選択式なの？

そうだとしたら誰も『超魔王の間』なんて選ばないだろうな。一番やばそうだし。

だが、自然にできたダンジョンならまだしも、人工のものがそんな無駄なつくりになっているとは思えない。となると、全部の扉の中にいる敵を倒さないとクリアできないとか……？

うわ、面倒くせぇっ！

俺は辺りを見渡す。

周囲に敵が湧《わ》いてくる様子もないし、安全地帯にはなっているようだな。

「とりあえず、ここで一泊するか」

次の日——。
ダンジョンに入ってから八日目の朝、俺はしっかりと朝食を済ませてから朝専用缶コーヒーを飲み、タバコで一服した後、両頰を叩いて気合いを入れる。

「さて……」

五つの扉の前に立ち、もう一度考えてみる。

……うん。もう一度考えても、連戦が面倒くさいという俺の気持ちは変わるわけがないな。

さっきの気合いはあっさり消えていった。

しかしまあ、ここまで来ちゃったしな。しょうがない。

「……行くか」

というわけで、俺はとりあえず『魔王の間』と書かれた扉の前に立つ。

扉は、レバーハンドルのついたタイプだ。

俺はレバーを倒し、扉を開けた。

すると、真っ先に目に入ったのは『はずれ』の文字だった。

扉を開けた先は空の部屋になっており、『はずれ』と日本語で書かれた紙がひらひらと上から舞ってきた。

「……くそ」

俺はそっと壁に手を添えて『キャノン』を放った。

壁は大きく抉《えぐ》れ、洞窟内が大きく揺れたけど……まあ天井が崩れてくる気配もないし大丈夫だろう。

「さすがにこんなにムカつくギミックがあるとは思わんかったな」

イラッとして思わず『キャノン』初ぶっぱしてしまったぜ。

しかし、『キャノン』を思い切り撃ったのに予想以上に壊れていないな。

やはりダンジョンの壁は相当硬いのだ。徐々に再生も始まっているし。

っていうか壁に『魔法反射』が付与されていなくてよかった……。反射されたら、さすがに俺もダメージは免《まぬが》れないだろうからな。

ここまで考えて、俺はある攻略法を思いつく。

「……全部『キャノン』で吹き飛ばすか」

『当たり』のところなら、その先に通路か部屋が出てくるだろうしな。

俺は悪い笑みを浮かべながら、スクエアビット四基を扉の前に配置して、魔力をたっぷり送り込んだ。

『キャノン』で残り四つの扉を吹き飛ばすと、煙が晴れるのを待つ。

霧が晴れると、『魔王の間』の隣の『大魔王の間』の先に通路が続いているのが見えた。『大魔王の間』が二つあるからややこしいな
他の三つの部屋は綺麗に消し飛んでいる。

俺は通路に向かって歩き出した。

通路は少し暗い一本道になっている。

しばらく歩いていると、道の先に光が見えたので、少し早足になる。

通路を抜けた先は、大きな広間だった。

しかし、そこには『キャノン』が通った跡と焦げた玉座の残骸、そして魔石とドロップアイテムが落ちているのみで、ボスはいなかった。

うむ、倒しちまったようだな……。

どうやら俺は、大魔王さんをさっきの『キャノン』で倒してしまったらしい。

名前すら出ることなく……。うん……なんかその……ごめんなさい。

……え〜っと、とりあえず魔石とドロップアイテムを回収するか。

落ちていたのは『大魔王の法衣』と『魔眼《まがん》の帽子』。

『大魔王の』とか『魔眼の』とかって頭についてると不吉で売れなそうだな……。しかも帽子にはリアルな目玉がついていて怖いし。

『アイテムボックスEX』内で分解して別の素材にできないか？　んでその後、錬金しちゃうのもアリかもしれない。

いずれにしても今のところは役立ちそうにないし、とりあえず『アイテムボックスEX』の肥やしなりそうだ。

ちなみに魔石も『大魔王石』という特別なヤツでした。でも魔石の上位に『魔王石』があって、『大魔王石』はそのさらに上位のアイテムなので、貴重すぎてとても市場で扱ってもらえるものではありませんでした……。

「……さて、と」

アイテムの回収を終えた俺は、周りを見渡す。

焼け焦げた玉座のさらに奥に、大きく荘厳な扉がある。

その扉も『キャノン』の射線上にあっただろうに、傷どころか汚れ一つついていない。

かなり耐久値が高いのか、強い結界が張ってあるかのどちらかだな。

既にボスは倒しているのだからきっと開くだろう。

しかし、その前に俺は『マップEX』&『魔力感知』を発動する。

「……あるな」

隠し部屋とそのスイッチを発見。

うん、ちょっと不完全燃焼だし、やってやるぜっ!!

「あっ！」

そこで俺は思い出した。そういえば『光玉』使わなかったな、と……。

俺は内心でもう一度反省するのだった。

スイッチを押して扉を開け隠し部屋に入ると、そこはかなり広い空間だった。

やべぇな、これだけ大きく広い部屋ってことは、それなりにデカい奴が出てくる気がするぞ。

「……いや」

ただ、ここを作った勇者はこれまで予想を超え続けてきたからな……。今度も変化球か？　やっぱりストレートか？

そんなことを考えていると、何もなかった広い床に極大の魔法陣が浮かび上がる。

極大の魔法陣は明滅を繰り返した後、一際大きく輝いた。

光が収まり、現れる巨大な隠しボス。

「……えぇ……」

勇者が投げてきた球は、現代の魔球・ナックルだった。

◇　◇　◇

俺――ソウシは妻のヴィーネとともに山脈麓の街パドーシヴァを訪れていた。
寝床を確保するために宿で手続きをしていたヴィーネがこちらを振り返る。

「宿、取れたわよ」

「おう、ありがとな。いよいよ明日には温泉に着きそうだな」

「そうね。久しぶりの温泉、楽しみだわ」

「よし、なら今日は早めに休むとするか」

「そうね、それで明日は早くから動き出しましょ！」

「だなっ」

翌日の方針を決め、部屋に荷物を置きに行こうかと思ったその時、ある一団が俺の目に入る。

「おっ、あの王国兵達もこの宿に宿泊するのか」

「とすると、明日の道程も一緒になるかもしれないわね」

「まあ、良いんじゃないか？　アイツら、そんな悪いヤツらじゃなさそうだし」

実は俺達は昨日、夕飯を食べた居酒屋で偶然にも彼らがどんちゃん騒ぎをしているのを目撃していた。その様子からは、少なくとも邪悪な企みを抱えている印象は受けなかった。

しかし、ヴィーネは暗い声で呟く。

「気付かぬうちに、誰かの陰謀の手伝いをさせられているとかじゃなきゃいいわね……」

俺が「それってどういう意味だ？」と問いただすより先に、王国兵達の方から大きな声が聞こえた。

「隊長がいねぇっ!?」

「なんだとぉっ!?」

「あっ、新人もいねぇ」

「なぁあにぃっ!?」

「よし、捜すぞっ！　きっと夜のお店にいるはずだっ！　多分、新人もなっ！」

「俺達はこっちの通りを！　お前らはそっちの通りを頼む！」

「「了解っ！」」

俺とヴィーネは顔を見合わせる。なんだかいろいろ勘ぐっている俺らがバカみたいに思えたのだ。

「仲良いな、アイツら……」

「……そうね」

王国兵達が、外へ駆け出していくのを横目に、俺らは部屋へ引き上げた。

◇　◇　◇

恐らく、このダンジョン最後の敵であろう隠しボスが目の前にいる。
絶句する俺——トーイチの視界には、ボスの名前——『超ＭＳ　勇者□ト　Ｄ－５０Ｃ　レベル

150』が映っていた。

なんかアレだな。うん……アレだ。

見た目が完全にGシリーズの、しかもゆーしー仕様だな。

白を基調とした装甲に、ところどころ赤いラインが入っているところなんて特にそうだ。

んで全長十二メートルくらいなんだ……じゃなくてっ！　なんだ、『超MS勇者』って!?

いや、『□ト』っていう言葉を使いたかったのは分かるが！

もう少し、なんとかできたんじゃない？　って考えてしまう。どうしてその二つの要素を混ぜてしまったんだ。

……で、なんだそのデカい剣は？　いや、もう『鑑定』もしないよ！

だって柄のところが鳥っぽい意匠《いしょう》になっちゃってるものっ！　絶対勇者□トが持つ剣だものっ！

それなのに……それなのにヤツにはちゃんとした手がないから剣が腕に固定されている。

「……アリ……か？」

呟いてはみたけど、ないよっ！　全然なしだよっ！

なんかもう、ツッコミ疲れた。いや、まだツッコミ足りないくらいだけど。

スキル『高速思考』で脳内ツッコミを入れていたせいで、時間はほぼ進んでいないんだけどな。

俺の思考が終わったタイミングで、□トは動き出す。

ガガガガガ……。
□トは圧縮した魔力の弾を撃ってきた。
俺はスクエアビットを展開して結界で防ぐ。しかし、大事なのはそんなことではない！
「せっかくの剣、使わねぇのかよっ!?」
いや、そんなあからさまに装備しておいて、使ってこないとは思わないじゃん！
待てよ、魔力の弾で牽制しつつ、あのデカい剣を振るうつもりかもしれん。
俺は様子を窺う。
ウィィィン……。
□トは背中に背負っていた武器を肩に担ぐ。
おい、それはロング・キャノンか？　この距離で？
その瞬間――。
ドンッドンッ！　ドゴォッドゴォオォォンッ!!
□トの両肩のロング・キャノンが、貫通力を高めた圧縮魔力弾を放つ。
スクエアビットの結界を貫通されることはないだろうけど、俺はちょっとビビって『転移』で□トの背後に飛んだ。

「……フッ!!」

俺は『縮地』で距離を詰め、□トの後頭部付近へ飛び上がり、首に向かって琥珀を横薙ぎに振った。

しかし、鈍《にぶ》い金属音を立てるだけで、その装甲は切断できなかった。

俺はすぐさま『転移』で距離を開ける。

「……」

『鑑定』を使うと、見えたのは『装甲：オリハルコニウム合金』という結果。

「オリハルコニウムってなんだぁっ⁉」

思わずツッコミを入れてしまった俺は悪くないと思う。んで、実態はオリハルコンと大差ないらしい。

くそぅ。ダンジョンマスター、なんでもアリだな……。

ガガガガガガガガガガガガ‼

『鑑定』している俺を、□トが待ってくれるはずもない。

魔力の弾による攻撃をスクエアビットの結界で防ぎながら、俺は□トを中心に一定の距離を置いて、周りを走って旋回する。

オリハルコニウム合金っていう名前はアレだが、装甲が硬いことは確かである。『キャノン』でも貫けなそうだ。

琥珀を使ってもさっきのようにただ切りつけるだけでは、ダメージを与えられない、と。

……しゃあない！　付与魔法を何重にもかけて、貫いてやる！

俺は『身体強化』『硬化付与』『刺突強化付与』『貫通力強化付与』を発動した。

「これで、どんな装甲だろうとっ！」

『縮地』でロトに肉薄する。

「撃ち貫く――『九龍閃・突』！」

ズガァアァアンッ!!

ロトの正面に一瞬で移動し、俺は九つの神速の刺突をヤツに叩きつける。

そして、とうとう琥珀はオリハルコニウム合金の装甲を穿《うが》ち、俺はロトを撃破した。

着地した俺は、魔石とドロップアイテムを回収する。

……なんと、人でも扱えそうな普通サイズの剣が落ちていた。


俺は剣を回収して恐らく大魔王がいたであろう部屋に戻った。

玉座跡の後方、少し距離を開けたところにある大きく荘厳な扉の前に立つ。

「……まだボスがいるってことはないだろ……」

あれ？　今のフラグかな？

このダンジョンを作った勇者のセンスを思うと、少し不安になる。

しかし、考えていてもしょうがない。俺は扉に触れてみる。

『マップEX』と『魔力感知』で罠をサーチしたが特になし。

ひょっとしたら『光玉』を嵌《は》め込むところとかないかと思ったけれど、それっぽい窪《くぼ》みもない。

……やっぱり大魔王戦で闇を祓《はら》うアイテムだったか。

うん、ごめんなさい。

心の中でもう一度、謝っておく。

しかし、勇者が『はずれ』とかいう無駄なギミックを作ったのが原因の一端なので、俺だけのせいじゃない！　と開き直ってみる。

にしてもこの扉にはノブもないし、どうやって開けるんだ？

考えていると、ガチャと音がした。

「……ガチャ？」

扉は開いていない――が、扉の横にある壁の一部が開き、そこからゴブリンがひょっこり顔を出していた。

「……」

「……」

数秒の沈黙の後、ゴブリンは言う。

「早くこっち来なよ」

「あっ、はい」

ゴブリンが扉を開けてくれたので俺は部屋に入る。俺が初めて攻略したダンジョンであるベルセのダンジョンでも最終層を踏破するとゴブリンが出てきて、管理人室的な部屋に通してくれたんだが……その部屋とほぼ同じような内装だな。

「君はベルセのダンジョンをクリアしているね。なら、細かい説明はいらないか。リストを出すから報酬を選んでね」

勇者が作ったダンジョンには、ダンジョンで人が死なないよう調整するゴブリンのダンジョンマスターがいる。そしてダンジョンを踏破したのが日本人だった場合、ダンジョン踏破の特典として、ダンジョン内を冒険する中で貯まるＤＰ（ダンジョンポイント）を使用してダンジョンマスターから報酬をもらうことができるのだ。

……と、ここで疑問が生じる。

「ベルセのダンジョンを俺がクリアしたことを知っているのか？」

「このダンジョンに入った者が、ベルセのダンジョンをクリアしたのか分かるようになっているんだ。多分マスターがそういう仕様にしたんだと思う」

「そうか……。ってことは、ベルセのダンジョンを作った奴とここを作った奴は同じ奴なのか?」

「それは別の人だね。別の勇者だよ」

「鉱山都市フォディーナでもダンジョンに入ったんだが、アレは?」

「フォディーナのダンジョンも違う人だね」

勇者ってそんなにうようよいるの?

俺は、もう一つ疑問に思っていたことを聞いてみる。

「フォディーナではお前みたいなダンジョンマスターと会わなかったが、いないのか? 別の勇者のことだから、分からないかもしれないが……」

「う~ん? 勇者の作ったダンジョンにダンジョンマスターがいないってことはないはずだから、出てこなかっただけじゃないかな? 理由は分からないけれど」

釈然としないが、知らないと言われてしまえば仕方がないか。

ゴブリンは、淡々と続ける。

「質問は以上? 早くリストから報酬を選んでね」

「ああ、分かった」

他に聞くことは……うん、ないな。

ご褒美があるとは予想していなかったから嬉しい誤算だな。

さてさて、何があるのかなぁ～？

「……う～～ん」

リストを見た俺は、悩む。

気になるモノはあるんだが、なんかこう……あと一押しが足りないんだよな。

『スキル：光の翼（勝利）』『スキル：光の翼（運命）』『スキル：光の翼（自由）』。アニメでの演出が凄く好きだった俺からしてみると堪らんけれど、何故三つに分けたのっ⁉

『スキル：明鏡止水《めいきょうしすい》（G）』……これは体が金色になっちゃう感じか？　さすがの俺も「ヒート……エンドぉっ‼」って言っちゃうよっ⁉

『スキル：分身（F）』とかよさそうだけど、『F』ってことは剥離《はくり》しちゃわない？　「質量を持った残像だとでもいうのか！」とか言われちゃわない？

続いては『スキル：破壊モード（一角）』『スキル：破壊モード（獅子）』『スキル：破壊モード（不死鳥）』。これも何故分けたしっ⁉　何を変形……いや変身させる気なんだっ⁉

『ガトリングシールド×三基（一角）』は有能ではあるんだが、スクエアビットの劣化版になっちゃうよなぁ……。

『アロンダイト（運命）』……これも有能だな。コレで俺も某流派の使い手に……いやなるかぁ！

『六連パイルバンカー』もいいな、撃ち貫けそうだ。

『スキル：ドリル（天元）』なんてのもある。（天元）ってついていると期待値上がるよな。でも特殊なエネルギー的なヤツがなくても使えんの？

機動戦士が好きなら喜びそうだが、それ以外にはまったく分からないスキルばかりじゃないかな……。

いや、俺は好きだけれども。

俺は再度頭を抱える。

「……う～～ん」

「ゆっくり選んで良いからね。あっ、お茶飲む？」

「……飲む」

「分かった。用意するね」

しばらくして、ゴブリンが二人分のお茶を運んできたので、それをすする。

「「……ふぅ」」

「どう？　決まりそう？」

ゴブリンが尋ねてきた。

「微妙なんだよなぁ」

「そう。まあ、ゆっくり選びなよ。あっ、ご飯食べる？」

「食う」

「オッケー」

なんてデキたゴブリンさんなんでしょう。

コイツの方が欲しいわ。

連れていけないかな……ダメだよなぁ。

キッチンに向かい料理を始めるゴブリンさん。

つか、ここキッチンあるんスね。


「……美味い」

しばらく待って出てきた料理を食べた俺は、思わず呟いた。

「それは良かった。おかわりもあるからね」

なんてデキたゴブリンさんなんでしょう（二回目）。

ダンジョンマスターを連れ出す——なんてことをしたら、ダンジョン運営が大変になりそうだもんな。

俺はそんなことを考えながらご飯を食べ終え、再びリストとにらめっこする。

『魔導自動車：ｔｙｐｅＲＸ‐７』のスポーツカータイプ……カッコいいけど、舗装《ほそう》されていない、この異世界でどう走れと？　しかし、それはそれで殺戮モードとか見てみたいかもしれないな。

『魔導自動車：ｔｙｐｅＧＴ‐Ｒ』。これも同じくスポーツタイプ。４ＷＤならイケるとかの問題じゃないと思うのよ。

『魔導二輪車：ｔｙｐｅＣＢ‐Ｆ』。逆に二輪なら……意外にイケる？　イケるかっ!!　ちなみにＣＢはソレスタルなんちゃらではない。

『魔導二輪車：ｔｙｐｅＳＳＲ』。Ｓ一個足して最高レアになりましたって？　だからなんだっていうんだよ……。

「……う～～ん」

俺は唸る。

悪くはない、ないんだが……。

「何故、オフロード系がないしっ！」

いくら高性能なサスがあってもキツいわっ！

だとすると、キャンピングカーならアリか？

まあ、乗り物は見た目が好きだから欲しいっちゃあ欲しいんだけど、『転移』で移動できることを考えると、必要ないんだよなぁ。

「次っ！」

『魔導キッチン』。魔力充填式で水と火を使えるし、排水もバッチリで大容量の冷蔵庫付き。有能だ。ところで排水バッチリって、どこに流してんの？

『魔導こたつ』は、俺とドゥバルなら作れそうだからなし。

『魔導エアコン』か……コレも作れそうだ。

『魔導薄型液晶テレビ50型フルハイビジョン』。1TBHDD内蔵二番組同時録画可。有能ではあるけど、タブレットで賄《まかな》えるんだよな。

『魔導洗濯機』。これはよさそうだ。

「……う〜〜ん……」

家電シリーズ……良いんだけど絶対欲しい！　とまでは言えないな。

「次っ！」

某漫画週刊誌の黄金期の作品単行本セットだと!?　くっ……これは欲しいかも。しかもソウシ先輩の大好物じゃないか？

次はレトロゲーのソフト。いやハードは？

リストの下には、その後もずらずらと名作漫画のセットや、ゲーム類が並んでいた。

……くっ、なんて恐ろしいリストだ。

正直なところそそられる。めちゃくちゃそそられるのだが……大変な思いをした末の特典がこんなんで良いの？　と思ってしまう俺もいるのだ。

そう、俺は今試されている。

そんな俺にゴブリンはカップを差し出してくれた。

「食後のコーヒー飲む？」

「……飲む」


コーヒーブレイクを挟み、それからまたしばらくうんうん唸っていた俺だったが、いよいよ決意を固めた。

「……コレだな」

生唾を呑み、俺は口を開く。

「スキル『召喚魔法　レベル10』にしよう！」

……無難なヤツを選んだなって？　うん、俺もそう思う。しかし仕方ないんだ。

大体のものは必要ないというか、頑張れば作れそうなものばかりだったんだよな。漫画は無理だけど……特別感がなくてなぁ。

タブレットが有能すぎるせいで、リストのものが期待外れに見えてしまうのだろう。

後、自分のスキルがつくづくチートなのもよくない。

……あっ、今調べてみたら漫画もタブレットで買えるわ。
というわけで、今の自分では自力で習得できない『召喚魔法　レベル10』を選んだわけだ。
しかもご褒美特典として、取得時点で使える召喚魔法もセットでついてくるのはありがたいな！
さて中身は……。
レベル1　ニクス……従魔獣
レベル2　氷神《ひょうじん》……氷の女神
レベル3　炎神《えんじん》……炎の魔人
レベル4　雷神《らいじん》……雷を撃つお爺ちゃん
レベル5　風神《ふうじん》……日本の神ではない
レベル6　剣神《けんしん》……なんでも斬る剣を持つ
レベル7　獣神《じゅうしん》……プロレスラーではない
レベル8　地龍神《ちりゅうしん》……ベヒーモス
レベル9　海龍神《かいりゅうしん》……リヴァイアサン
レベル10　空龍神《くうりゅうしん》……バハムート
……おや、ベルウッド商会に預けているはずの小狼・ニクスが入っているんだが。
名付け時にテイムした形になっていたらしく、このスキル獲得時に正式に従魔となったようだ。

……まあいい。

ちなみにセットされている召喚獣はえふぇふ式で、一撃を放つと消える仕様らしい。神ってついてるけどそんなんが召喚できてしまって大丈夫か？　一瞬そう思ったが、気にしないことにした。

とりあえずニクスにはノータッチでいこう。

いきなりこっちに召喚したら先輩達も焦るだろうしな。

「おっ、選び終わったみたいだね」

俺が考えを纏め終えた頃、ちょうどご飯の片付けを済ませたゴブリンさんがキッチンから戻ってきた。

「どうする？　すぐ入口に転送する？」

「そうだな。戻ろうかな」

まだお昼過ぎだし、旅館に戻ってゆっくり温泉に浸かろう。

「分かった。転送のための魔法陣、準備するからちょっと待っててね」

てくてく奥へ歩いていくゴブリンさん。

俺は食後に出されたお茶をズズッと飲みながら待つことにした。

ちょうどお茶を飲み終えた辺りで、ゴブリンさんが戻ってくる。

「準備できたよ。こっちに来て」

ゴブリンさんの後ろについていき、奥の部屋へ入る。部屋の中央には光り輝く魔法陣が刻まれている。

「分かっているとは思うけど、その魔法陣に乗ればダンジョンの入口に転送されるからね」

「了解。じゃあ行くわ。……あっ、ご飯ご馳走さま。美味しかったよ」

「そっか、それは良かった。それじゃあね」

「ああ、じゃあな」

魔法陣の光が強くなり、俺は光に包まれる。

ほんの少し浮遊感を覚えた次の瞬間には、俺はダンジョンの入口の脇に立っていた。

「……ん～～っ」

久々に感じる陽の光に向かって両手を挙げて体を伸ばす。

「さて、温泉入って休むかぁっ!!」

俺は渡り廊下を歩いて旅館へ向かった。

◇　◇　◇

「……あ゛あ゛あ゛あ゛あぁ」

旅館に戻って温泉に浸かった俺は、魔導マッサージチェアを堪能していた。

やはりこの魔導マッサージチェアは堪らんな。

どこで買えるのだろう？

「……いや」

ドゥバルに作らせるか。うん、そうしよう。

そんなことをとろけた頭で考えつつ、俺は魔導マッサージチェアに二十分程座っていた。

やっと立ち上がる決心をして、コキコキと首を鳴らしつつ、今後の予定を考える。

「夕食はもうちょい後か……。う～～ん、もうひと風呂いっちゃうかっ！」

俺は再び大浴場へ向かい、脱衣所で服を脱いでから引き戸を開けた。

その瞬間だった。後ろから肩を掴まれ、俺は歩みを止められた。振り返るとそこには意外な人物が立っていた。

「……あっ」

ギルド出張所のお姉さんが、無言で笑みを浮かべながら立っていた。

ゴゴゴゴゴ……という効果音が聞こえてきそうなんですけど。

そして思い出す。そういえばダンジョンから出た後、ギルド出張所に寄っていなかったな。結構念入りに手続きに関して言われていたのに。

まずい、超怒られる予感しかしない。……でもここ、浴場なんですけど？

内心冷や汗を流す俺をまっすぐ見据えながら、お姉さんは黒い笑みを崩さずに言う。

「今、『あっ』て言いました？」

「……言っていないです」

「言いましたよね？」

「……言っていないですよ？」

「……何故、目を逸らすんです？」

ダメだ、お姉さん超怖い。

俺はお姉さんの後方に視線をやる。

「あっ！」

「えっ」

俺の視線に釣られてお姉さんが後ろを向いた隙に『転移』で逃げました。


しかし、次の日――。

朝から冒険者ギルド出張所に呼び出され、お姉さんから説教を受けました。その後、冒険者ギルドを統括するグランドマスターのマサシから通信魔道具で連絡があったけど……華麗《かれい》にあしらった。

面倒に巻き込まれたくないからな！

こうして無事平穏な日常を手に入れた俺は、別館で朝風呂を堪能している。

「……あ゛あ゛あ゛ぁ」

ギルド出張所が宿に併設されているため、宿に戻るのが面倒くさくなくてよかった。

遠かったら多分、高確率で俺はギルドへの報告を何度もバックレていたことだろう。

あぁ、ダンジョンを踏破したことはもちろん伝えていない。

誰もクリアしていないダンジョンを踏破したことがバレたら、目立ってしまうからな。

ギルドのお姉さんには『迷って、気付いたら入口へ戻っていた』という言い訳で通し、報告を忘れていたのは『脱出できて安心した』ってことで誤魔化した。……凄《すげ》ぇ怪訝そうな顔をされたが……。

お姉さんが納得したかは知らない。

ただ、お姉さんはかなり心配してくれたそうで、手続きでも余計な手間をかけてしまったらしい。

それは申し訳なかったな……。

朝風呂を終えた俺は浴衣に着替え、別館から本館へ。

朝食をいただいてから部屋へ戻りゴロンと寝そべる。

ちゃんと温泉に入る前に、「布団はそのままで」と頼んでいてよかった。

俺は、寝転がってタブレットでアニメを視聴しながら二度寝した。


「……ふわあぁぁ」

二度寝から目を覚まし、眠い目を擦りながら食堂へ。ちょうどお昼時だ。

今日のランチメニューは、山菜のパスタと山菜のサラダのセット。ランチドリンク付きだ。パスタは大盛りにしてしまった。

俺はパスタをペロリと平らげた後に、ランチドリンクのコーヒーを飲みながら一息つく。

「……ふぅ……美味い」

コーヒーのおかわりをいただいて昼食は終了。ごちそうさまでした。

部屋に戻り昨日から観ているアニメの続きを観ることにした。

気が付くと時間は十五時前。最終話を前に小休止を挟むとしよう。


そう考えた俺は温泉に入って一服して飲み物でも買って、準備万全で最終話に臨もう……とタオルを持って別館へ。

ひと風呂浴びてから、コーヒー牛乳を一気飲みする。

タバコと部屋用の飲み物は……部屋に戻ってからタブレットで買うか。

タオルを首に引っ掛けて本館に戻る。

そういえばロビーを通る時に野郎だけの団体客がいたな。

……どこかで見たことのあるような鎧を身につけていたが……くそっ、思い出せん。

そんなことを考えながら歩いていると、俺を見て会話をする二人組とすれ違う。

「おっ、あの人浴衣だな。浴衣を貸してくれる旅館なんてあるんだな」

「前に来た時はもう少し厚手の……サムエって言ったかしら？　そんなようなモノしかなかった気がするけれど……」

「……んん？」

「どうしたの？」

へぇ。浴衣を知っている人がいるのか……っていやいや、この世界に浴衣は存在しない。ということは……あれ？　なんだか嫌な予感がするぞ？

チラッと声のした方を見ると、なんか知ってる人がいるんですけど……。

ガッツリ目が合ってしまったが、俺は無表情でスルー。歩き出そうとしたが……捕まった。

「待ちたまえ、トーイチ君？」

「待ちたまえ」とか言いながら後頭部を鷲掴《わしづか》みってどうなのっ!?

ミシミシいってる、ミシミシいってるからっ!?

「……まさか本物？」

「何故、逃げようとしたのかな、トーイチ君？」

……やっぱり、ソウシ先輩だったよ。

「せ、先輩……どうしてここに……？」

「そんなことより何故逃げようとしたのかな？　ん？」

後頭部を鷲掴みにされていて、先輩の方を向けないが……多分ニッコリしている気がする。

「い、いやぁ……逃げるなんてそんな……。人違いだと思っただけで――」

「嘘だな？」

何故バレたしっ⁉

「お前は今『何故バレた⁉』と思っている」

「心を読まれた⁉」

「読んでねえよ」

ソウシ先輩は、ため息をついた。

「……はぁ、まったくお前は」

「というか、痛いんでそろそろ放してもらえます？　ミシミシいってるんで……ミシミシいってるんで！」

「ん？　ああ、すまんすまん」

ようやく俺の後頭部は解放された。俺は後頭部を擦《さす》りながらぼやく。

「まったく。へこんだらどうするんですか……」

「お前が逃げようとするからだろ」

「昔からそうですよね。すぐ俺の頭を鷲掴みにするんですから」

「はは、そうだったな」

少し昔を——日本にいた頃を思い出し、俺らは笑い合う。

その時、先輩の側にいた銀色の長髪に金色の眼をした女性が口を開く。

「この人、知り合いなの？」

「ん？　ああ、お前らは初対面か。トーイチ、コイツは俺の嫁のヴィーネ。ヴィーネ、コイツはトーイチ。日本にいた頃に一番付き合いのあった後輩だ」

するとヴィーネさんが俺にお辞儀をしてくる。

「はじめまして、トーイチさん。ソウシがお世話になっています」

「あっ、はじめましてヴィーネさん。先輩がお世話になっています」

「いつ俺がお前にお世話されたんだよ！」

こうして俺は再度先輩に後頭部を掴まれつつ、先輩の嫁さんとの邂逅《かいこう》を遂げたのだった。

先輩達がチェックインをして手荷物を部屋に置いた後、ロビーで再び合流。

コーヒーを飲みながら近況について話すことに。

「あまりにも温泉が恋しくて、探していたらここに行き着いたんですよね……」

俺が告げると、先輩とヴィーネさんも納得したように頷く。

「お前も温泉目的か。俺らも言うなら慰安《いあん》だな」

「ここの温泉は有名だものね」

「みたいですね。俺もオススメされて来たんですけど、すごく満足しました」

「日本にいた頃から生粋《きっすい》の温泉好きだったお前が満足するなら、相当いいってことだな。俺はここへ初めて来たから、楽しみだぜ」

少年のようにはしゃぐ先輩に、ヴィーネさんは言う。

「もうすぐ夕食だから、温泉はその後ね」

「だな」

と、ここで俺はあることを思い出す。

「そういえば、さっき受付に団体がいたのを見ましたか？　アイツら、どこかで見たような鎧を着ているなぁと思いまして」

「ああ、王国の奴らだな」

先輩の言葉を聞いて、俺は思わず顔をしかめる。

「うえぇ……面倒そうですね。絡まれなければいいけど」

しかし先輩とヴィーネさんは、あっけらかんと笑う。

「大丈夫だろ、アイツらなら。な？」

「そうね。どうやら目的はダンジョン攻略みたいだし、仲良しだったわよ……フフ」

「仲良し、ですか……。しかしダンジョンか……」

考え込む俺に、先輩が尋ねてくる。

「ダンジョンがどうかしたか？」

「いや、ここのダンジョンは特級ダンジョンなので、出てくる魔獣のレベルが高いんですよね。大丈夫かな、と思って」

「お前、ダンジョンに行ったのか？」

「昨日ダンジョンから帰ってきました」

俺はダンジョンに関する情報と、ご褒美についてざっくりと説明する。

先輩は興味深げに聞いた後、にやりと笑う。

「……へぇ、ダンジョンポイントでご褒美ねぇ」

ヴィーネさんは元々ダンジョンについて知っていたのだろう、驚いたように質問してきた。

「あなた、特級ダンジョンを踏破したの？　確か踏破者はいなかったはずだけれど……」

「あ、やべっ」と思ったが時既に遅し。

先輩はすでに目を輝かせている。

「ヴィーネ、俺らも行くぞ！　ダンジョン！」

「レベル150って、大丈夫かしら？」

嫌な流れを感じ、俺は逃走を試みようとする。しかし、俺が逃げ出すより早く先輩が告げた。

「トーイチ、お前もな」

「いや、俺昨日行ってきたばかり――」

「……あ？」

「……行きましょう」

俺のダンジョン二周目が決定した。

まぁ、隠しボスの勇者□トのことは話していないので、先輩の反応が少し楽しみではあるな。

◇　◇　◇

翌日、俺は再び試練の洞窟第一層にいた。

「どうしたトーイチ？　目が死んでんぞ」

「多分、二周目だからじゃないかしら？」

先輩とヴィーネさんが好き勝手言っている。

昨日はノリと勢いでダンジョン二周目を承諾したものの、朝起きてみると『二周目なんか行ってられるかっ！』ってなること、あるじゃないですか。

んで寝たフリをしてバックレようと思っていたところにドアバーンッ!!　と先輩が乱入。

「おいっ、鍵はどうしたっ!?」と思いながらもそのまま寝たフリを続行した俺に、先輩は言ってきた。

「トーイチ、早く準備しろ」

俺は寝たフリを続行した。

「おい」

「……」

「……ああ、何か右足が電気アンマしたくなっ――」

「先輩、おはようございますっ！」

「……四十秒で支度しろ」

「サー！　イエッサー!!」

そんな朝から一日が始まったら、そりゃ元気出るわけないだろ！

ちなみに部屋の鍵は、先輩が高額なチップで従業員を買収して手に入れたらしい。力業すぎるぅううううう！

そんな朝の悲しき記憶を思い出してシクシクしている俺とは裏腹に、先輩は元気に言う。

「しかし、あの王国兵達とダンジョンに入るタイミングまで被るとはなぁ」

「そうね」

俺が会話に参加せずにいじけていると、先輩が肩を小突《こづ》いてくる。

「トーイチ、そろそろそのやる気全然ないですアピールやめろ」

「ああ、アピールだったのね……」

「チッ、読まれてやがる」

俺は舌打ちすると、ヴィーネさんが微笑んだ。

「フフ、仲良いわね、あなた達」

「まぁな」

臆面もなくにかっと笑う先輩を前に、俺はため息をつきながら、頷くのだった。

「……そうですね」

なんて話しながら、俺らは王国兵達と少し距離を開けて歩いていく。

しばらくすると、先輩が言った。

「おっ、アイツら魔物とエンカウントしたな」

「すらいむね」

俺は忠告する。

「あのすらいむ、合体しますよ」

「え、マジで？」

「合体？」

少しの間、王国兵とすらいむの戦闘を見ていると、俺の言葉通りピョンピョンとすらいむが集まっていく。

それを見て、王国兵の一人が叫ぶ。

「が、合体したっ⁉」

次いで、王国兵達の悲鳴が聞こえてくる。

「うわぁっ⁉」

「れ、レベル80になってるっ⁉」

「た、隊長ぉっ!!」

それを見て先輩は「ほぅ」と呟き、ヴィーネさんは首を傾げる。

「おぉ、ホントに合体した。アレ完全にキング――」

「すらいむって合体したかしら?」

そんな二人を尻目に俺は、王国兵の中にも『鑑定』持ちがいるんだなぁとか、先輩がちょっとワクワクしているなぁとか、どうでもいいことを考えていた。

そんな時、合体して現れた『すらいむ皇　レベル80』を前に慌てていた王国兵達に、一人の男が声を上げた。

「落ち着けお前達っ！　巨大になったとしてもすらいむだっ！　のしかかられた奴らも大してダメージは受けていないっ！」

その言葉で正気に戻った兵士達は、落ち着きを取り戻していく。

「……あ、ホントだ」

「こんなすぐに見破るなんて……」

「「さすが、副隊長っ!!」」

「……隊長じゃないのかよ」

思わず出てしまった俺の呟きを、先輩は目敏く拾う。

「ああ、隊長さんはアッチの人だ」

先輩が指差した方を見る。

「……えぇ？」

俺は目を疑う。そこには大荷物を背負う兵士がいた。……え、ホントにアレが隊長さん？

いや、あんな雑用みたいな扱いを受けている人が隊長さんとは思わないだろう。

「何かの罰《ばつ》かしら？」

「かもな」

ヴィーネさんと先輩の言葉に俺も苦笑していると——。

「副隊長、使えっ！」

隊長さんが叫びながら槍を投げ、副隊長さんがそれを受け取る。この場面だけを切り取れば見事な連携に見える。

それに、槍もなんか凄そう。

「おっ、槍を使うみたいだな」

先輩はその槍が何かを知っているみたいだ。

副隊長さんは、大声で叫んだ。

「鎧化っ!!」

そのかけ声に呼応するように槍に埋め込まれた魔石から光が溢れ、副隊長さんを包み込む。やがて光が収まると、副隊長は白銀の鎧を纏っていた。

「は？」

俺がポカーンとしていると、先輩はバンバンと俺の肩を叩き、楽しそうに笑う。

「はっはっはっ、さすがにお前もビックリしただろっ？　俺も最初に見た時はビビッたからなぁ」

……痛いんですけど？

いや、今はそれよりも大事なことがある。

「いや、でもあれって……」

「名前を言ってないからセーフだ」

「……いや」

「セーフだ」

「……あ、はい」

何がセーフかは分からんがまあセーフなのだろう。……ホントに？

そんなやり取りをしていると、ヴィーネさんが言う。

「あの槍、『鎧の聖槍』って名前らしいわよ。作ったのはドワーフだけど、伝えたのはニホン人なんだって」

「でしょうね……」

魔から聖に変えただけって。もっと捻《ひね》れよ、と思わんでもないが口には出すまい。

その代わりに俺は先輩に尋ねる。

「アレ、多分ネタ的に俺らの世代に近い人ですよね？」

「ネタって言うな。でもまあ、そうだろうな」

なんだろう、この転移者の人選に昭和生まれが狙われている感は……。

俺らやマサシもそうだし、このダンジョンを作った勇者も高確率でそうだろう。

たまたまなのか、そうじゃないのか。

謎は深まるばかりだ。

っていうかなんとなく見ていたけど、副隊長普通に強くない？

俺がそう指摘すると、ヴィーネさんが答える。

「そうね。でもあんなだけど隊長さんはもっと強いのよ」

じゃんけんに負けて罰ゲームを受けている小学生みたいな姿からは、にわかに信じられない話である。

ともあれ、鎧化した副隊長さんが余裕でスライム皇を倒し、その後は特に苦戦することもなく第二層に到着した。

スライム皇を倒した時の技は『槍技：コークスクリューランサー』。技名もアレだが、技の見た目は完全にあの技だった。

ちなみに『鎧の聖槍』は隊長の所持品ではあるものの、誰にでも起動できる仕組みになっているらしい。

第二層はデカいさそりの魔物『グランデアラクラン　レベル20』が大量に出てくるので、ここでは第一層では見学のみとなった俺とベルウッド夫妻も参戦。

二人は格闘主体の戦闘スタイル、俺は琥珀を用いた剣技で応戦した。スクエアビットを使えば簡単に倒せるのだが、それだとあまりにも味気ないからな。

王国兵も問題なく立ち回っているが、隊長だけが戦闘に参加しなかった。

もちろん余裕を見せているのではなく、大荷物を背負っているからなのだが……。


そうして三層へ。

この階層では『スケルトンナイト　レベル30』がたくさん出てくる。

「核を狙えっ！」

隊長さんがすぐさま部隊に指示を出しているのが見えるな。

俺も琥珀で核を攻撃するが、一周目はスクエアビットで突破したので面倒くさい。

ベルウッド夫妻は核どころか全身を粉砕していた。

ドパアァァンッ!!　は格闘戦で出る音じゃないと思うんだ、うん。

そうこうしてスケルトンナイトは一掃され、ドロップアイテムの回収だ。

ドロップの『ミスリルウエッソ』は貴重なので、王国兵達は喜んでいる。

荷物が増える隊長さんを除いて……。


第四層の魔物は、フルプレートの鎧でできた体を持つ『デヴィルズナイト　レベル40』だ。

核の位置は鎧で見えない上に、個体ごとにランダムに配置されているため、一周目の時にスクエアビットとスキル『狙撃』がなければ面倒だろうと思っていたんだよな……。

王国兵達は少し苦労しているみたいだ。

俺は引き続き琥珀で戦っているのだが、なんと『狙撃』の効果は飛び道具だけでなく、剣技にも応用できるらしい。なんとなぁく核の位置が分かったので余裕で倒せてしまった。スキル、万能すぎない?

あ、ベルウッド夫妻は変わらずドパアァァンッ!!　してました……。

次はいよいよ第五層のボス戦だが、王国兵達はどう対応するのか楽しみだ。

もちろん先輩の反応の方が楽しみだけど。

そうして第五層に到着したわけだが、王国兵は休憩もほどほどにボスに挑戦するらしい。

ベルウッド夫妻も殺《や》る……ヤル気満々だ。

俺はもうここで一泊したいんだが……つーか帰って温泉入りたい。

あぁ、隊長さんも帰ろうぜオーラをめちゃくちゃ出してるな。

それでいいのか隊長……。

初めてどらきんを見た先輩の反応を期待して……ってモチベを上げていかないと、温泉が恋しくてたまらなくなってしまいそうだ。

大きな黒い扉が開き、奥の玉座に座るどらきんを確認。

「よくきた　ぼうけんし――」

「どっせいっ!!」

ドンッ……ドゴオォオォッ！

どらきんが喋り始めた瞬間、先輩が『縮地』からの右コークスクリューブローをどらきんの顔面に捩《ね》じ込む。当然どらきんは吹き飛び、壁に激突。

そして先輩は肩で息をしながら言う。

「……アウトだこの野郎」

「「「……えええぇ」」」

「「……ウンウン」」

王国兵達はドン引き、俺とヴィーネさんは「それでこそソウシ・ベルウッドですね」という反応でした。

そして壁に激突したどらきんは黒い靄に包まれ、龍になったドラキンが現れる。

しかし、それも知っていた先輩は再び『縮地』でドラキンに肉薄する。

「……だろう——なっ!!」

拳をドラキンの腹部にあてがう。

「……フッ!!」

先輩は息を吐くのと同時に、拳から全身のパワーをドラキンに叩き込んだ。

ドンッ!!

大きな衝撃音の後に、「グルァ」と一声残しドラキンは消滅した。

しかし先輩、その技は……？

「こっちの世界に来てからマスターした『虎砲《こほう》』だ」

「さすが先輩」

クルリと俺に向き直ってドヤ顔をする先輩に、俺は親指を立ててサムズアップした。

王国兵の皆さんと、今度はヴィーネさんもちょっと引いていた。

獲物を横取りしてしまったようで申し訳なかったので、ドラキンのドロップである『龍王の鱗』は王国兵の皆さんに渡したのだが、彼らは首を横に振る。

「さすがに俺達が倒してないのにもらえないです」

「だな」

「それにもらっても国に持ってかれるだけだしな」

「それな」

どうやら、王国兵にもいろいろな事情があるらしい。

さらに彼らは口々に続ける。

「まあ、この任務の後に亡命するし」

「あぁ、あの国にはこれ以上仕えてられねぇな」

「これ以上はやってらんねぇ！」

さらっと亡命宣言しているけど、それで良いのか隊長さん？　と思ったが、隊長は朗《ほが》らかに笑っている。

「お偉いさん達は二十二発ずつくらい殴ってやりてぇけどな」

隊長の物騒な発言に、兵士の一人がツッコミを入れる。

「隊長がそんなに殴ったら、皆死んじゃうでしょっ！」

「それな！　まぁこれから関わることもないだろうし、別にいいか！」

隊長さんも亡命する気満々だった……。

ボス部屋でそのまま野営することになったので、俺らも準備する。

そういえば先輩達手ぶらじゃなかったっけ？　と思っていると……。

ガシィッと肩を掴まれた。振り返ると、先輩がいつもの笑みを浮かべていた。

「トーイチ、野営道具貸してくれ」

「はぁ、なんで持ってきてないんですか……朝、俺に『四十秒で準備しな』とか言ってたのに……」

「フッ……ロビーに置いてきた」

「はぁ……ヴィーネさんは？」

「フッ……ソウシが持っていると思ってた」

「やれやれ……」

「大丈夫か、この夫妻」という言葉は心のうちに留めつつ、とりあえずタブレットでテントと寝袋を購入して渡す。

「ちゃんと買い取ってくださいね。十倍の値段だから高いですよ」

金なら問題ない、と受け取る先輩。まあ、ベルウッド商会はかなり儲かっているだろうから屁でもない金額だろうけれども、ホームセンターみたいな商会の創設者に野営道具を売ることになるとは……。

そんなやり取りを経て、俺は野営の準備を終え、今度は飯の支度に取りかかることにした。バーベキューコンロに火を入れてテーブルに食材を出す。

先輩達は……俺のバーベキューコンロの前に皿を持って陣取っている。

おい、何ご相伴《しょうばん》にあずかる前提でガン待ちの姿勢とってるんだよ。

「手伝え」

「『はい』」

ちょっとイラッとした俺が敬語を使わなかったことに関しては、目を瞑っていただきたいところだ。

翌日、俺はベルウッド夫妻と王国兵達とともに第六層を攻略しようとしていた。

第六層は確かモンスターハウスだったっけか？　と思っていると、副隊長さんは既に『鎧化』している。

「『聖十字砲』っ！」

ズドォオォンッ!!

一瞬にして魔物が一掃された……。

「漫画で見たグランドなんとかって技かな」

「グランドクロなんとかだな」

俺と先輩は副隊長さんを見ながらボソボソ話す。

後で副隊長さんに聞いてみたら……。

「『聖十字砲』という技名ですけど、聖属性ではないんですよね。私は聖属性使えませんし……」

苦笑いしながら、そう答えてくれた。

なら何故その技名を付けたのかと思わなくもないが、あの技の見た目なら納得か。

そんなこんなで俺達は第七層へ。

『剣狼　レベル70』&『鷹男　レベル70』という、地上と空中どちらも隙のない厄介な魔物のコンビが登場する。

レベル70だし、王国兵達は大苦戦しているな。

広範囲攻撃の『聖十字砲』は消費する魔力量に対して殲滅できる数が少ないからか、使用していない。

副隊長他数名は問題なさそうだが、多数がここで脱落。『きまいらの翼』の効果でその場から消えていった。

「おお、ちゃんと効果あるんだな、コレ」

「『きまいらの翼』が発動すると、あんな風になるのね」

先輩とヴィーネさんが感心している。体術だけで魔物を倒しながら、その悠長な感想が出てくるあたり、やはり化け物じみていますね……。

ちなみに隊長さんは未だに大荷物を背負ったままだったが、魔物を蹴り飛ばして身を守っている。……やるな。


次の第八層では『炎　レベル80』と『吹雪　レベル80』が撃つ中級魔法が雨のように降り注ぐ。

王国兵達はどうするのだろう……と見てみると、残った兵の中で一際デカい奴が『鎧の聖槍』を纏って前に出た。

「魔法は効かあああんっ!!」

某魔槍よろしく、この鎧、魔法は効かないらしい。

しかし、聖槍の力なのに何故お前がドヤる……。

あと聖槍はホントに誰でも装備できるんだな。

王国兵達は降り注ぐ中級魔法の中を聖槍を纏った兵を先頭にして進み、一気に近接戦闘へ持ち込んで魔物を倒していく。

一方で、燃えている魔物も凍っている魔物も素手で倒していくベルウッド夫妻。

もう心配もツッコミもやめた。

俺は結界を展開して遠くからそれをただただ見てました。

でも、隊長さんはなんで俺の後ろにいるのかな？

ちなみに某半々将軍の出てくる隠し部屋は教えずに華麗にスルーした。面倒だからな。


さらにダンジョンを下りて第九層。『上位魔将　レベル90』と『殺人機械　レベル90』との戦闘を終えると、王国兵達は隊長、副隊長を残して全員脱落してしまった。

まあ、冒険者ギルドの公式の記録では第九層が最高到達層になっているし、むしろよく粘った方なのかもしれないな。

副隊長さんも聖槍を纏って対処してはいるものの、ちょっとキツそうだ。そして隊長さんは……結界を張って後ろで見守る俺のさらに後ろにいるが……。

あ、ベルウッド夫妻は変わらず嬉々として素手で魔物をフルボッコにしています。

魔物が泣いているように見えるのは気のせいだろう……きっと。

次の層のボスは神官さんだけど、先輩がコークスクリューブローする未来しか見えん。

階段を下りボス部屋の扉を開けると、神官の格好をしたオッサン、『ハーゲン・D・アーツ　レベル１００』が祭壇の前で祈りを捧げている。それを見た瞬間に先輩はくわっと目を剥《む》く。

「アウトォォッ‼」

ズドォオオオオオッ！

祈りの途中に先輩がダイビングボレーのように延髄蹴《えんずいげ》りを決め、ぶっ飛んだハーゲンは祭壇を破壊しながら頭から着地した。

ボッ、ボッ、ボッと周囲に炎が立ち上り、ハーゲンのいる辺りに黒い靄が集まる。

黒い靄が晴れると六本脚の蜥蜴が姿を現した。その瞬間に先輩は再度叫んだ。

「はい、ツーアウトォッ‼」

……いつの間にか先輩とヴィーネさんは走り出しており、出現した『獅童　レベル１００』を左右から挟み撃ちにしている。

「ヴィーネっ‼」

「『風の拘束《ウインドバインド》』っ‼」

ヴィーネさんの風属性魔法に獅童が捕らえられる。レベル１００のボスを拘束しちゃう風魔法って規格外すぎませんか……？

集束した強力な風に捕らわれ動きを封じられた獅童。しかし、二人は攻撃の手を緩める気などさらさらないらしい。先輩がヴィーネさんに叫ぶ。

「ヴィーネ、追加だっ！」

「『追風《フォローウインド》』ダブル」

ヴィーネさんは彼女と先輩の背後に風魔法を発動させ、追い風で加速する。

「『縮地』っ!!」

一瞬で『獅童』に肉薄する二人。

「クロウゥス……ボンバアァァァッ!!」

次の瞬間、獅童の頭が吹き飛んだ。


獅童戦の後、そのままボス部屋で野営をし翌日、第十一層に下りた。

『ヘルアーマー　レベル１１０』、『呪術師　レベル１１０』、『ポイズンゾンビ　レベル１１０』を前に副隊長さんが脱落し、俺と隊長さんは先に魔物と戦う権利を譲り合っていた。

「いやいや、隊長さん、ここはお譲りします」

「いやいやいや、ここはアンタに任せますよ」

嫌だ！　俺はもう二周目だからだいぶ面倒くさいんだ！　そう思いながら必死に押し付け……もとい譲ろうとしていたら、後頭部に痛みを感じた。

痛い痛い痛い！　待って待って待って！

振り返ると、怖い笑みを浮かべた先輩が俺と隊長の後頭部をアイアンクローしていた。

「二人でヤれ」

「「ラジャッ!!」」

俺は琥珀で、隊長さんは聖槍を振り回して戦う。

隊長さん、『鎧化』していないのに、この階層でも普通に戦えているな。


次の第十二層にいるのは『死の追跡者　レベル120』、『エクスプロージョンロック　レベル120』、『ヘルナイト　レベル120』の三種。

斧を持ったパンイチの変態さん……もとい死の追跡者は、ヴィーネさんの急所攻撃によりエンカウント直後に潰されていった。

ナニがとは言わんが男子陣は全員たまひゅんした。奥さん、怖いっす……。


そうしてたどり着いた第十三層。

出現する魔物は『影　レベル130』、『幻覚幽霊　レベル130』、『サタンシャドウ　レベル130』と全部実体を持たない奴らなので、先輩達とは相性が悪そうだなと思っていたのだが、要らぬ心配だったようだ。

「シャァアイニングゥッ……指ンガアァッ!!」

見た感じ武闘系の技なのに、それを喰らった影属性の魔物が次々と倒れていく。

不思議に思い『鑑定』してみると、どうやらこの技、光属性らしい。

ヴィーネさんはそれを見て、見よう見真似でポーズをとっている。……真似しなくていいから。

隊長さんはもっと戦おう?

第十四層ではそれぞれ分かれて戦った。

『グランデゲニウス　レベル140』は俺が、『上位魔術師　レベル140』は隊長さんが、『スカルドラゴン　レベル140』はベルウッド夫妻が担当する形だ。

俺は琥珀で戦っているが……普通に戦うの面倒くさいな。スクエアビットだと一瞬すぎてつまらんし、なかなかちょうどいい戦い方が見つからない。

隊長さんは『鎧化』している。上位魔術師の『爆裂魔法』も『鎧の聖槍』には効かないみたいだ。便利。

ベルウッド夫妻はどっちが多く骨を折れるか勝負していた。

楽しそうですね……。

それぞれが敵を倒し終え奥に進むと、第十四層のボス部屋に到達する。

躊躇《ためら》いなく先輩が扉を開けると、一周目と同じく『大魔王ボラモス　レベル１４０』が待ち受けていた。

「……ぶはっ」

やはり先輩は堪えられなかったようだ。

一通りセリフを言い終えたボラモスと先輩の戦闘が始まった。

二人の戦いは熾烈《しれつ》なヘディング戦へもつれ込む。

……ヘディングというより頭突きですね。結局は先輩の石頭が勝り決着した。

魔王相手に頭突きってどうなん？

『利き足は頭』って誰かが言っていたよなぁ……誰だっけ？　と俺が頭を捻っているうちに先輩はドロップの『光玉』と『ベンチウォーマー（魔王仕様）』を回収していた。

先輩は早速『ベンチウォーマー（魔王仕様）』を装備した。

その姿を見て、ヴィーネさんと隊長がほめそやす。

「あら、似合うじゃない」

「おお、結構格好良いな」

まぁ、普段の行動が魔王みたいなもんだしな……とは言えなかった。

そして第十五層、例の五つの扉の前に来た。

もちろん俺は当たりの扉を教えていない。

クックックッ……さあ先輩よ、『はずれ』を引くのだっ!!

「トーイチ、どれが先に進む扉だ？」

……なん……だとっ？

しまった。まさか普通に質問されるとは思っていなかった……。普通考えなしにどこか開けてみるだろ！　想定外だコンチクショウっ!!

そして既に俺が踏破したことは言ってしまっているからな……嘘をつこうものなら、後でアイアンクローを喰らうのは避けられない。

そんな内心の葛藤が顔に出ていたのだろう。

先輩は俺に聞いてくる。

「どうしたトーイチ？　なんでそんな複雑な顔してんだ？」

「……あぁ、すみません。魔王の隣の大魔王の扉です。俺の時はソコが先に繋がっていました……」

先輩が頷いて、俺の言った扉を開ける。やはり『当たり』の扉だったらしい。

チッ……ソコはランダムにしとけよ、と心の中で悪態をつくくらいは許していただきたい。

「大魔王か……俺が行かせてもらって良いですか？」

隊長さんが俺に聞いてくる。

「俺は別に構わないですけど、先輩達は？」

「俺達も構わないぞ」

というワケで、大魔王とは隊長さんが戦うことになった。俺は一周目で使わなかった『光玉』を彼に渡す。

「始まったら使ってください」

「……使う？　分かった」

首を傾げつつも受け取る隊長さん。

「あ、ソレ使うってことはやっぱ大魔王ってアイツなのか……」

先輩が納得した様子で言った。

俺は頷く。

「ええ、多分」

「「……多分？」」

俺の言葉に、隊長さんと先輩が揃って聞き返してきた。

……だって俺の時は『キャノン』で吹き飛ばしちゃったから、ちゃんと戦ってないですし？

なんなら大魔王の姿も見てないですけど？

だから『光玉』が余っちゃったんですが何か？

俺は開き直って、事のあらましを説明する。

先輩と、ヴィーネさんはヤレヤレって感じでこちらを見ている。

隊長さんには『え？　この人そんなにメチャメチャ強いの？』って感じで見られた。

はいはい、どうせメチャメチャですよ、と内心でも開き直る俺。

ともあれ、こうして『鎧の聖槍』を纏った隊長さんと『大魔王僧魔《ぞうま》　レベル１５０』との戦いが始まった。

大魔王はモロにでぃーきゅー仕様って感じの見た目で、予想通り闇の衣をしっかり纏っていた。

手に持った杖を使って戦っている。

「隊長さん……相当強いですね」

俺の言葉を聞いて、先輩とヴィーネさんが口を開く。

「ああ、だが大魔王はちょっと無理そうだな……」

「そうね……」

大魔王僧魔を前に、隊長さんは最初にしっかり『光玉』を使い、大魔王が羽織る闇の衣を剥がした。

『て～て～て、て～て～て♪　てててててて♪　てててててて♪　～～～～～～、て～、て～、て～♪』

あの曲がオーケストラ調で流れ出したぞ。

「「おおっ!!」」

隊長さんとヴィーネさんはちょっとビクッとしていたが、俺と先輩は大いに盛り上がった。

魔法の効果音以外にもこんな音魔法の使い方があるとは――やるな、勇者。

でも多分、この曲が流れたのって今が初めてなんだろうなぁ、無駄だよなぁ……と思ってしまう。

隊長さんは『鎧化』していることもあり、だいぶいい動きをしている。しかし、さすが特級ダンジョンのボス。それ以上に大魔王僧魔が強い。

……いや、吹き飛ばした俺が言うなっていう話だろうが。

バキンッ!!

隊長さんは鍔迫《つばぜ》り合いで弾かれ、大きく後ずさる。

鎧も既にボロボロだ。

そんな隊長さんに、大魔王僧魔は極寒の冷気――『アイスブレス』を放つ。

隊長さんはなんとか避けたが、戦況は厳しい。

それを見て先輩は分析する。

「『アイスブレス』は魔法じゃなくて物理技扱いなのか……」

「……ですね。鎧は魔法を無力化してくれるだけなので、ちょっと相性が悪い」

俺も隊長さんもここまでかな？　と思った時、隊長さんは鎧を解除した。

まだ戦闘中なのに何をしようというのか……？

隊長さんは、大声で叫ぶ。

「来い、『鎧の聖剣』っ!!」

その声を合図に隊長さんの手元に剣が顕現《けんげん》する。

剣は温かく、神聖な光を放っている。

「『鎧化』っ!!」

隊長さんが言うと、彼の体は一際大きな光を発した。

その光が収まると、隊長さんはこれまでとは違う型の鎧を纏っていた。

それを見てヴィーネさんが呟く。

「あの剣は初めて見たわね」

「ああ、だけどあの鎧……どこかで……」

先輩の言うように、何故か俺もどこかで見たような気がするんだよな。

……う～～ん。

「「……あっ」」

少しして、俺と先輩は同じタイミングで顔を上げた。

「「まさかあの型……」」

俺は、『鑑定』で隊長さんを見てみる。

ステータス
名前：ショウ・ザ・マイン
種族：人間
職業：聖戦士
【戦闘系スキル】
剣術レベル9　槍術レベル6　体術レベル4
【EXスキル】
闘気力レベル8……闘気量・闘気出力・闘気コントロールに補正
【固有スキル】
聖戦士レベル8……回避・攻撃力に補正。気力限界突破・サイズ差補正無視。

「………ぶはっ」

「どうしたトーイチっ⁉」

思わず吹き出した俺に、先輩が尋ねてきた。

やってくれるな……！

「先輩、隊長さんの職業、『聖戦士』だった」

「ぶはっ。……マジか？」

「マジです」

「ということはあの鎧の型は――」

俺は頷く。

「アレですね。……ぶはっ」

俺達二人は声が出ないように口を塞ぎながら笑い転げる。ヴィーネさんが冷たい目で見ているのには気付かないフリをしながら。まぁ先輩はすぐさま蹴られてたけど。

先輩がヴィーネさんに蹴っ飛ばされて笑うのを止めたので、俺もこれ以上は我慢する。

先輩……涙目とジト目の合わせ技を使ってこっちを見るのはやめてね。

視線を隊長さんに向けると、オーラを高めている。

そして一際オーラが高まったタイミングで、聖剣を振り上げた。

おおっ！　まさかアレはっ⁉

俺と先輩は声を揃える。

「「ハイパーなオーラ斬りだあぁっ‼」」

「『超闘気斬《ちょうとうきざん》』っ‼」

ザンッッッッッ‼

ゴンッ‼　ゴンッ‼

隊長さんが技名を叫んだ瞬間、俺と先輩はヴィーネさんに殴られ、一番イイ所を見逃した……。

しかし結局、ハイパーなオーラ斬……『超闘気斬』でも大魔王を倒し切ることはできなかった。

そしてその後の『アイスブレス』の連発で隊長さんはダウン。

『きまいらの翼』の効果で、退場となった。

大荷物……置きっぱなしなんですけど？

ちなみに勝者である大魔王さんはというと……。

「ヒートォッ……エンドォッ‼」

先輩がノリノリで倒していた。

大魔王相手の決め技がアイアンクローは、さすがに大魔王が可哀想だと思うんだ。

ドロップアイテムと一緒に大荷物もついでに回収して、俺は言う。

「じゃあ先輩、隠し部屋に行きましょうか」


俺達は勇者□トの待つ第十五層の隠し部屋を訪れた。

ニヤニヤする俺を前に、ベルウッド夫妻は固まっている。

「「……」」

やがて、ヴィーネさんが呟く。

「デカいわね……」

まぁヴィーネさんは元ネタを知らないしな。ただ、先輩はさぞや感じ入っていることだろう！

そう思いながら俺は先輩の顔を覗き込む……が、なんだか思っていた表情と違うぞ？

「デカいな……トーイチ、でぃーきゅーにこんなモンスターいたっけか？　……つーかデカい□トの剣、装備してんじゃねえか」

……なんだと？

俺は内心狼狽《ろうばい》した。

だって先輩の『超MS勇者□ト』への反応がそんなんで終わるワケがないだろうに！

そこで俺はある可能性に思い至る。

そういえば、先輩が異世界に来たのって十四、五年前って言ってたっけか？

となるとゆーしーは……原作は出ていたかもしれないが、ＯＶＡは出ていなかったのか……。

いや、原作もまだかかな？　俺も原作は読んでないから知らんが。

……ふむ。観・て・な・い・の・か。

俺はガックシと膝を突く。観ていないのなら、そりゃ知らんわ。

くそぅ……ダンマスめ、ゆーしーより前の作品にしとけよってんだ。

どうりで、俺の一角獣のゆーしーを意識したデザインの軽鎧にも反応しないはずだ。

というワケで俺は、先輩に「ゆーしーという作品がこの作品の後に放送されまして……」と説明を始め、先輩が「ほう」とか「マジかっ」とか言っている間、ヴィーネさんが一人で戦うという、確実に先輩が怒られる案件が勃発。

「硬くて攻撃が通らないじゃないっ!!」とヴィーネさんがお怒り気味に、説明中（ガン○ム談義中）の俺と先輩のところに来て「あなた達も戦いなさいっ！」と拳骨《げんこつ》を落とした。

何故俺まで……。

その後さくっと勇者□トを倒し、ドロップしたオリハルコニウム合金を見た先輩は狂喜乱舞していた。

「『石破天驚《いしばてんきょお》おぉぉ……ゴォッドオォ、指ンガァァァッ!!』『ヒイィイトオ……エンドォッ!!』」

さっきから思っていたが、先輩はいつからGファイターになったのだろうか……。

もう職業Gファイターで良いんじゃないかな？　称号はKオブハートかな？

でも、オリハルコンを素手で壊しちゃうのはさすがにどうかと思います。

俺達は□トの剣を回収して、ボス部屋奥の大扉前に行く。

すると、ガチャという音とともにゴブリンが顔を出した。

「二回来たのは君が初めてだよ。しかもこんなにすぐに」

「……だろうな」

「「……ゴブリンが喋ったっ!?」」

このダンジョンに入って先輩が一番驚いたのは、この時でした。

「じゃあな」

「んじゃ、またな」

「それじゃあね」

先輩がダンジョン踏破のご褒美をもらった後、俺、先輩、ヴィーネさんはそれぞれゴブリンに別れの挨拶をする。ゴブリンも優しい声でそれに答える。

「じゃあね」

そして用意してもらった転送陣で第一層に移動し、外に出た。

そうそう、先輩が選んだご褒美はスキル『タブレットＰＣ』だった。「これでタバコやらビールやらお前に頼まなくてもよくなったな」とは先輩の弁。

ヴィーネさんはこちらの世界の人間なので「ゴメンね、この特典をあげられるのは地球出身者だけなんだ」と断られていたが、本人は「リストを見てもよく分からなかったわ」とあまり気にしていない様子だった。

あ、俺は「一人一回だけだよ」と言われ、お茶とぶぶ漬けを出されました。

……美味しかったです。

それにしてもいざ帰ってくると、どっと疲れがくるな。

「……はぁ、疲れた。早く温泉入りたい……」

そんな俺の呟きを聞いて、先輩がため息をつきながらツッコミを入れてくる。

「……お前ほとんどサボってたじゃねえか」

しかし、その後ろには黒い笑みを浮かべたヴィーネさんがいる。

「ソウシも隠しボスの時、遊んでたわよね」

「「スンマセンしたっ!!」」

俺ら二人は謝る他なかった。

ギルド出張所に行くのを忘れた俺達が、受付のお姉さんに呼び出しを喰らって怒られたのは、また別のお話。

◇　◇　◇

その後俺は宿に戻り、温泉に入って、飯食って、ようやく部屋で横になれたので、ステータスを確認することにした。

現在のステータス
名前：村瀬刀一（18）
種族：人間
職業：無職
称号：召喚されし者　Dランク冒険者　賢者　初級ダンジョン踏破者　中級ダンジョン踏破者
上級ダンジョン踏破者　特級ダンジョン踏破者　喫煙者　龍殺し

レベル：117
HP：23400　MP：23400
力：11700　敏捷：14040
魔力：18720　精神：23400
器用：16380　運：80
【スキル】
鑑定EX　アイテムボックスEX＋　言語理解
健康EX　マップEX　ステータス隠蔽・偽装
並列思考レベル10　配遮断レベル10　速読レベル10
空間認識能力レベル5　手加減
【戦闘系スキル】
剣術EX　短剣術レベル10　体術レベル10
格闘術レベル3　縮地レベル10　狙撃レベル10
魔闘技レベル10
【魔法系スキル】
空間魔法EX　魔力感知レベル10　魔力操作レベル10

生活魔法　身体強化レベル10　付与魔法レベル10　音魔法レベル10
【生産系スキル】
採取レベル6　料理レベル6　錬金術レベル10
【EXスキル】
大魔導
【固有スキル】
女神の恩寵　タブレットPC

おお、特級ダンジョンを二周もしただけあって、ステータスが全体的に凄《すげ》ぇ上がってんな！

レベル上げのために二周したわけじゃないとはいえ、成果が目に見えて出ていると嬉しい。

まあ、先輩もタブレットをゲットしてホクホクだったし……いい二周目だったってことにしておこう。そんな満ち足りた気持ちを胸に、俺は目を閉じる。

さて寝るとするか。……先輩に邪魔されないように、ちゃんと結界を張って。

◇　◇　◇

王国軍の隊長である俺は、やっとの思いで宿に戻ってきていた。

いやーまさか『きまいらの翼』なんていう便利アイテムがあるとはな。部隊の全滅を覚悟していたから、肩透かしを喰らったような気分だったぜ。だとしても大変ではあったけど。

俺は感慨を胸に抱きながら、部屋を見渡す。

今は俺含め軍の全員が大部屋に集まり、ダンジョン攻略の思い出話をしている状態だ。

部下達は楽しそうに、俺を話題に盛り上がっている。

「まさかウチの隊長でも『試練の洞窟』を踏破できないとはなぁ……」

「特級の名は伊達《だて》じゃないってことか……」

「でも最下層まで行ったんだろう？」

「みたいだな」

「最下層のボスは大魔王だったらしいじゃないか」

「それもレベル１５０のな」

「それだけで絶対無理って感じだな」

そうそう、本当にあれは強かったんだよ。

うんうん頷きながら聞く俺の前で、話題はダンジョンで一緒になったヤツらの話に移った。

「食堂でベルウッド夫妻に聞いたんだが……実は大魔王の後に隠し部屋で隠しボスと戦ったって」

「「「マジでっ!?」」」

「マジらしいぞ」

「ドロップのオリハルコンの剣も見せてもらったよ」

「さすがソウシ・ベルウッドだな」

「しかし、その嫁も強いとは……」

「上には上がいるもんだ……」

「それな」

それに関しては俺も驚いたよ。

すると、その話を無言で聞いていた副隊長が何かを思い出したように、顔を上げて、俺に尋ねてくる。

「隊長、荷物は？」

「……あっ」

◇　◇　◇

朝……というかお昼前に起きた俺――トーイチは、メシを食いたいと思い立ち食堂に向かった。

その途中、ロビーで先輩に遭遇する。

……もしかして、待ち伏せていました？

「トーイチ君？　なんで昨晩は結界を張っていたのかな？　ん？」

「いや、だって先輩、絶対突撃してくるでしょ？　そりゃ結界の一つや二つ張りますよ」

「……へぇ」

……弁解も空《むな》しく拳骨されました。


そんなことがありつつ食堂へ行くと、隊長さんが何故かボコボコに殴られたような状態で俺のところに来た。……大魔王戦よりダメージ受けてない？

隊長さんは、か細い声で言う。

「あのう……俺が背負っていた荷物は……」

「……あ、そうだ。届けようと思って回収してたんだった」

俺は『アイテムボックスＥＸ』から王国兵達の荷物を取り出して渡す。

「本当にありがとう……」

隊長さんは深々と頭を下げた。うっすら涙を浮かべていたぞ……。

一体何が彼をここまで怯えさせているのか？　……と思っていると、隊長さんは王国兵達のテーブルに戻って副隊長さんにペコペコしていた。

「本当は副隊長さんの方が上役なんじゃ……？」

そう呟かずにはいられない俺だった。


昼食の後、俺はタバコを吸ってから温泉へ。

温泉を堪能した後は部屋に戻り、冷たいお布団にダイブしてゴロゴロする。

火照った体が、喜びの声を上げているのを感じるぜ……。

◇　◇　◇

トーイチに拳骨を落とした後、俺――ソウシは部屋に戻り新スキル『タブレットPC』でタブレットとやらを出す。取扱説明書とかないのか？　と探したが特にないらしい……。

「……やべぇ、使い方が分からん。まず、どうやって電源入れりゃあいいんだ？」

クソッ、さっきトーイチに聞いておけば良かった。ちょっと後悔する。

「あら、ソレが昨日の？」

苦戦している俺の手元を、温泉から戻ってきたヴィーネが覗き込んできた。

起動の仕方が分からないことを伝えると、ヴィーネは俺からタブレットを取り上げ、クルクルと見回す。

「うーん……こうかしら？　あら、何か文字が出てきたわよ？」

「……なん……だと？」

ヴィーネはあっさりと電源を入れることに成功。長押しだとは気付かんかった……。

その後操作方法に苦戦しながらも、ヴィーネに助けられつつなんとかネットショッピングまでたどり着き、タバコと灰皿を購入する。

タップとかスワイプとか、俺がいた頃の日本じゃまだ普及していなかったからな。

うん、しょうがない。

ちょっぴり敗北感を感じつつ俺はタブレットを畳の上に置く。するとそれをひょいっと拾い上げたヴィーネは朗らかな声で聞いてくる。

「ソウシ、これもカートに入れていい？」

ヴィーネさん？　なんでもう自由自在に操作できているのかな？

◇　◇　◇

王国兵の隊長である俺はやっとこさ荷物を返してもらって、朝食を食べた後、部下達と大部屋へ戻ってきた。

現在俺は、ある書類を作成していた。

すると、部下の一人が俺の手元を覗きつつ聞いてくる。

「あれ？　今回のダンジョンの報告書は既に副隊長が書いてますよね。隊長は何書いてるんです？」

「退職届」

「えっ？　隊長マジ？」

「……マジ」

部下はにわかに心配そうな顔になる。

「でも、魔王国から送ったりしたら有給消化もできないし、退職金も出ないんじゃないですか？」

「ああ、ありそうだなぁ。ただ、まぁ大丈夫だろ。そんなことしたら俺が殴り込んでくるって大隊長辺りは分かってるだろうしな」

「ああ、ソレもそうですねえ」

しかし、部下はさらに続ける。

「でも上の方が揉《も》めるんじゃゃ？」

「宰相《さいしょう》辺りはうるさそうだな……まぁ知ったこっちゃねえけど」

「それより『聖槍』とか『聖剣』とか返さないといけないいんじゃ？」

「あ、その二つは元々俺のだ」

「「マジでっ!?」」

俺らの話を盗み聞きしていたのだろう。

周りの部下達も驚きの声を上げげた。

「というワケで問題ないだろう」

にやりと笑うと、部下達はざわつく。

「じゃ俺も辞めようかな」

「じゃあ俺も」

元々全員王国には不満を持っていて、亡命を企てているのだ。王国に対する忠誠心の強い副隊長を除いて。

俺は大きく息を吸って胸を張る。

「なんだよ、お前ら全員かよ。しょうがねぇなぁ」

「「しょうがないっすねっ!!」」

そうして俺はまだ完成していない退職届に向き直ったのだが……。

「……隊長？　何書いてるんです？」

「あ？　だから退職と……ど……け……副隊長？」

「……は？　退職届？」

俺らの退職&亡命計画はこうして未遂に終わったのだった……。

◇　◇　◇

夜、俺――トーイチの部屋に先輩と……何故か王国兵の隊長さんと副隊長さんがやって来た。

「トーイチ……打とうぜっ！」

先導していた先輩が言う。麻雀《マージャン》のお誘いだった。

「……ふっ、打ちますかっ！」

こうして麻雀大会が開催された。

「ゴッド……指ンガアァッ!!　ヒイィィトオ……エンドォッ!!　ツモ、８０００、４０００だぁ！」

……テンション高いなぁ。ジト目で先輩を見る俺の横で、隊長も叫ぶ。

「喰らえ通らば『超闘気斬リーチ』っ!!」

「ふっ、いくらハイパなオーラ斬りでもそれは通らんなっ！　ロン、５２００だ」

あっさりと先輩に返された隊長は、悲鳴を上げる。

「ノオォオォォッ!?」

「『フルバースト』ォッ!!　十三面待ちダブル役満だ」

「……ぐふっ」

さらに畳みかけられ、隊長は吐血した。

「隊長ォッ!?」

副隊長も叫びつつ、しれっと上がった。

「あっ、ロン。すみません、白のみ、１０００です」

結果は俺、先輩、副隊長、隊長の順位。ちなみに隊長さんは三箱被っていた。弱いな!?

勇者温泉の賑やかな夜は更けていく……。


翌日、俺は勇者温泉を出発しようと支度していた。

すると、先輩が勝手に部屋に入ってくる。……もうそれに関しては注意することを諦めたよ。

「トーイチ。タブレットの使い方、教えてくれないか？」

「アプリに取説ありません？」

「いや、俺が日本にいた頃ってお前の言ってるスマホ？　はなかっただろ？　だからまだ慣れなくてな……」

「……まあ、いいですけど」

「悪ぃな。じゃあこれから首都に向かうから同行頼むわっ！」

「……は？」

俺の返事を待つことなく、先輩は部屋を出ていってしまった。

結局俺は、宿で王国兵達と別れ、ベルウッド夫妻と勇者温泉を出発することになった……。

それから数日間、俺は野営や小さな村を経由しつつ魔王国の首都サタニアへ向けて移動している。

道中、もちろん魔物が出現しないわけもなく……。

「トーイチっ！　右頼むっ！」

「トーイチくん、左よろしくっ！」

先輩とヴィーネさんが指示を出してくるけど……ええい！

「どっちかにしてくんないっ!?　くそっ、スクエアビット『マグナム』ッ！」

ドンッ、ドンッ!!

俺が左右のオーガとオークの中間みたいな見た目をした魔物——オーガオークを『マグナム』で倒してる間に、ベルウッド夫妻は全力で俺の横を駆け抜けていく。

「「真ん中は俺（私）がっ!!」」

ズドドンッ‼

二人はオーガオークキャプテンを飛び蹴りで倒した。ツインシュートですね、知ってます。

オーガオークキャプテンの頭部が大変なことになっていますが……。

そんなことを考えながらぼうっと見ていると、二人の視線を感じるな。

俺の『アイテムボックスEX』でドロップアイテムを回収しろということですよね、はい。

勇者温泉を出発してからずっとこの調子だ。

くっ、断ればよかった……。俺の自由気ままな一人旅が！

まあ先輩が相手だから、抵抗しても無駄だっただろうけど……。

そんな俺の葛藤を知る由《よし》もない先輩は、口を開く。

「トーイチ、缶ゴミ頼む」

「あっハイ」

どうやら先輩は『アイテムボックス』のスキルを持っていないようだ。

だからってゴミ箱代わりにしないでもらえません？

「はぁ、まったく……」

ゴミを片付けつつ、先を行く二人の背中を見ながら、俺は呟いた。

そのタイミングで先輩は振り返り、言う。

「おーい、トーイチ！　ゆっくり歩いていないで早く来いよ！」

「ゴミを押し付けてきたのは誰ですかねぇ！」

この異世界に来てからの生活は、前世の人生よりとても充実していて楽しい。

まぁ、まだやることはたくさんあるんだけどな。

美味しいものを食べたいし、ダンジョン攻略もしたい。もちろん夜の方も……あ、そういえば教会探すのとかすっかり忘れていたな。

とはいえ、特に急ぐ理由はないんだよな。このまままったりソロ生活を続けつつ、一生厄介ごとを断り続けて気ままに生きていくんだ。

「まぁ、今は先輩に振り回されているわけだけど……これもまた旅のうちか」

俺はため息をついてから笑い、一歩を踏み出した。

女神の加護を受けた貴族家三男の
勝手気ままな成り上がりファンタジー!

命を落とした青年が死後の世界で出会ったのは、異世界を統べる創造神!? 神の力で貴族の三男アルラインに転生した彼は、スローライフを送ろうと決意する。しかし、転生後も次々にやって来る神々に気に入られ、加護てんこ盛りにされたアルラインは、能力が高すぎて人外認定されてしまう。そこに、闇ギルドの暗殺者や王国転覆を企むおバカな貴族、神に逆らう悪魔まで登場し異世界ライフはめちゃくちゃに。——もう限界だ。僕を邪魔するやつは、全員断罪します! 神に愛されすぎた貴族家三男が、王国全土を巻き込む大騒動に立ち向かう!

●定価:1320円(10%税込) ISBN 978-4-434-29622-2 ●illustration:はま

お人好し底辺テイマーがSSS聖獣《ランク》たちともふもふ無双する

OHITOYOSHI TEIHEN TAMER GA SSS RANK SEIJU TACHITO MOFUMOFU MUSO SURU

著 大福金 daifukukin

☆☆☆
アルファポリス
第1回次世代
ファンタジーカップ
「ユニーク
キャラクター賞」
受賞作!

テイマーも聖獣も…最強なのにちょっと残念!?

このクセの強さ、SSSSS級《ランク》!!!

一匹の魔物も使役出来ない、落ちこぼれの『魔物使い』ティーゴ。彼は幼馴染が結成した冒険者パーティで、雑用係として働いていた。ところが、ダンジョンの攻略中に事件が発生。一行の前に、強大な魔獣フェンリルが突然現れ、ティーゴは囮として見捨てられてしまったのだ。さすがに未来を諦めたその時——なんと、フェンリルの使役に成功! SSSランクの聖獣でありながらなぜか人間臭いフェンリルに、ティーゴは『銀太』と命名。数々の聖獣との出会いが待つ、自由気ままな旅が始まった——!
元落ちこぼれテイマーの“もふもふ無双譚”開幕!

●定価：1320円（10%税込） ●ISBN：978-4-434-29726-7 ●Illustration：たく

この作品に対する皆様のご意見・ご感想をお待ちしております。

おハガキ・お手紙は以下の宛先にお送りください。

【宛先】

〒150-6008東京都渋谷区恵比寿4-20-3恵比寿ガーデンプレイスタワー8F
(株)アルファポリス　書籍感想係

メールフォームでのご意見・ご感想は右のＱＲコードから、
あるいは以下のワードで検索をかけてください。

アルファポリス　書籍の感想　検索

ご感想はこちらから

本書はWebサイト「アルファポリス」(https://www.alphapolis.co.jp/) に投稿されたものを、改題、改稿、加筆のうえ書籍化したものです。

異《い》世《せ》界《かい》召《しょう》喚《かん》されました……断《ことわ》る！３

K1《けいわん》－M《えむ》　著

2021年12月31日初版発行

編集－若山大朗・今井太一・芦田尚
編集長－太田鉄平
発行者－梶本雄介
発行所－株式会社アルファポリス
〒150-6008東京都渋谷区恵比寿4-20-3恵比寿ガーデンプレイスタワー8F
TEL 03-6277-1601（営業）03-6277-1602（編集）
URL https://www.alphapolis.co.jp/
発売元－株式会社星雲社（共同出版社・流通責任出版社）
〒112-0005東京都文京区水道1-3-30
TEL 03-3868-3275
イラストーふらすこ
URL https://www.pixiv.net/users/848557
デザイン－AFTERGLOW
印刷－中央精版印刷株式会社

価格はカバーに表示されてあります。

落丁乱丁の場合はアルファポリスまでご連絡ください。

送料は小社負担でお取り替えします。


ISBN978-4-434-29731-1 C0093